숲속의 흥단

숲 속의 춤판

조 철 형 수필집

노 문 사

글과 함께 늙어가기를

나는 말이 어눌하여 글로 대화를 하면 치유될 것 같아, 수필 문학에 입문하여 강의를 들으며 수필을 쓰기 시작했다.

첫 수필집 '고욤나무의 꿈'을 출간할 때는 가슴이 설렜지만 글도 여전히 어눌하여 실망스러웠다. 다행히 지인들이 그런 나에게 따뜻한 격려를 해준 덕분에 수필가가 되었다고 자위했다.

내친김에 문인으로서 글과 함께 늙어가기를 바라며, 추억의 범주에서 벗어나 두 번째 수필집에 생활 수필을 담기로 했다. 한데 생활 수필을 쓰기가 결코 만만치 않았다.

글감마다 본연의 오묘한 형상과 내면의 신비한 세계가 펼쳐 있다. 그 보이는 것도 제대로 관조하지 못하면서, 보이지 않는 내면의 실재 實在를 추출할 리 있겠는가. 그저 변죽만 울릴 뿐이다. 여북하면 아내가 생선 요리로 감칠맛과 개운한 맛을 내는 것을 물끄러미 바라보며 수필을 저렇게 쓰면 되겠다 싶었다.

하지만 생활을 수필 문학으로 우려내기가 쉽지 않았다. 수정을 거듭해도 군덕지에 어수룩한 나의 자화상이다. 누가 순박하다고 두둔할지라도 "위대한 기교는 서투름과 같다"라는 경지는 나에겐 너무나 먼 곳임을 고백할 수밖에 없었다.

내가 왜, 무엇 때문에, 누구를 위해 글을 쓰는지 거듭 나에게 반문했다. 그래도 세파에 물들고 비틀어져 가는 인간성을 회복하는 길은 이 길뿐이라고 여겨, 나름대로 심혈을 기울여 쓰다 보니 한여름 무더위를 모르고 지냈다.

일 년 동안 쓴 수필이 50여 편 되었다. 첫 수필집은 수필 강좌 시간에 합평을 받은 글들인지라 안심이 되었지만, 두 번째 수필집 글은 검증을 받지 않아 독자의 시선으로 퇴고推敲를 하다 보니, 어렸을 적 썼던 반성문이 떠오른다. '반성'의 진정한 의미를 새기니 얼굴이 화끈거린다.

뜸이 덜 든 거친 밥상 같아 출간을 망설이지만 어쩌랴. 머뭇거림을 멈추고 다시 새로운 글 여행을 떠날 채비를 하는데 어눌함도 덩달아 따라 나선다.

그림자처럼 따라다니는 어눌함을 벗어나려다 글과 함께 늙어가게 되었으니, 어눌함이 한없이 고맙게 여겨진다. 남는 게 시간뿐인데, 소일거리로 마음의 글을 쓸 수 있다면 이 얼마나 다행스러운가.

표지 그림을 주신 전희천 선배님과 축시를 쓴 김일수 사백, 수필 평설을 기고한 엄창섭 사백, 수필 1집에 이어 퇴고에 도움을 주신 아내와 감수를 하신 김영진 님께 감사드립니다.

2020년 5월

동강 조 철 형

축시

숲속 춤판이라 더욱 신명나네 그려
- 동강의 제2수필집 상재에 부쳐 축하하며 -

김 일 수
(고려대 명예교수·시인)

산전수전 다 겪어봤지만 살다보니 또 이런 일도 있네요,
외우 동강이 종심에 늦바람이 났다는 소문 말입니다.
철강을 곱게 빚어내는 외길 35년 뒤로하고
첫 바람은 묵필을 들기 무섭게 파죽지세로 불어왔답니다.
일필휘지 휘저으며 촘촘한 서예판을 주름잡는가 싶더니
어느새 서예초대작가 인증 샷을 보내온 것입니다.
또 하나, 수필 세계에 얼굴을 내밀고 용맹정진 하더니
유려한 문체 뽐내며 창작수필에 등단하기 무섭게
아동문학, 산림문학에도 돋을새김 해 놓고
제1수필집 '고욤나무의 꿈' 사랑스런 옥동자를 낳고선
'아름다운 글'과 '산림문학상'을 연거푸 휩쓸었답니다.

바람도 횟수를 거듭하면 생명의 힘이 불끈 솟구치나 봅니다.

2년 만에 새로 빚은 제2수필집 '숲속의 춤판'을 선보인답니다.
농부가 1년 농사에 온갖 땀과 정성을 쏟아 열매를 얻듯
글의 씨 뿌리고 가꿔 주옥같은 열매 50편을 얻고 다듬어
마치 도예장인이 뜨거운 진흙 가마에서 고운 백자를 구워내듯
봄이 오면 시퍼런 잉어가 봄 강변에서 광희 작약하듯
생명 빛 청초한 생각들이 장을 넘길 때마다 눈부십니다.
이 초인적인 예술혼은 아마도 나이를 잊은 것 같습니다.
숱한 나날 긴 밤 지새우며 쓰고 다듬기에 푹 빠진 글 사랑
"얼음 위에 댓잎 자리 깔고 임과 나와 얼어 죽을망정
이 밤 더디 새오시라, 이 밤 더디 새오시라." 그 경지입니다.

동강이 어릴 적 교실에서 떠들썩하게 풀어놓았던 입담대로
그 개울물은 대관령 숲속 산삼뿌리 절로 녹아들인 물일지도
초립동이때부터 글 솜씨 빼어났던 비상한 사내아이
초등학교 땐 자상하신 아동문학가 엄기원 선생님께 사사,
꿈 많던 중학 시절엔 열정의 시인 고 원영동 선생님께 사사,
백일장 열리는 곳 마다 으쓱 고개를 처 들곤 했지요

이제 이미 지나간 아름다운 일들은 과거가 되었지만
걸어온 삶의 발자국 마다 고인 깊고 푸르른 경험들
낮은 곳으로, 바다를 향해 유장하게 흘러가는 강물처럼
더욱 멀리, 더욱 깊이, 더욱 신명난 춤판으로 엮어져 나가길
한 때와 지금도 같은 문우인 벗이 따뜻한 축하를 보내노니.

차례

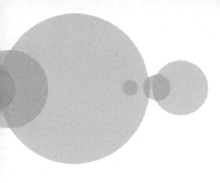

제1장
생선요리하듯 수필을

개미허리

　지구온난화 탓인가 40년 만의 가뭄으로 하늘만 쳐다본다. 나뭇잎은 목말라 숨도 못 쉬니 단풍 색깔은 엄두도 못 낸다. 볼품없이 떨어진 가랑잎 밑으로 여기저기 모여든 개미들이 줄지어 간다. 아예 낙엽은 거들떠보지 않는다. 부지런히 귀가하는 개미 행렬을 따라가니 호수로 개천 둑이었다.

　개미집 부근에서 개미들이 분주히 움직였다. 단비가 온다는 기상예보를 들었는지 빗물 침수를 막기 위해 유연한 '개미허리' 상체를 움직이며, 개미집 구멍 둘레를 높이는 토목공사를 한다. 공사 현장을 바라보는 거인(?)에게 "국립생태원에나 가보세요."라고 핀잔을 준다. 그날 밤 여지없이 비가 내렸다.

　다음 날, 세 가족이 국립생태원-천리포수목원을 동선으로 아침 6시에 출발했다. 서해안 고속도로는 미세먼지로 가시거리가 50미터 이내다. 모두 전조등을 켜고 앞차만 바라보고 기어가니 어제 본 개미 행렬이다. 이럴 때 한반도에 몰려오는 황사와 미세먼지를 되돌려 보낼 제갈량의 동남풍이 아쉽다.

서천의 세계 최대 국립생태원은 각종 연구, 교육, 전시 시설을 갖추었고 주변 공간은 시인의 마음을 담은 듯한 조경을 펼쳐놓았다. 대형 아치 돔 로비에는 먹이사슬 조각이 마치 살아 움직이는 듯 진열되어 눈길을 끌었다. 생태관은 온대, 열대, 사막, 지중해, 극지로 배치하여 마치 작은 지구를 품은 듯했고, 여태껏 보지 못한 식물 2,000여 종, 동물 230여 종의 신비한 지구촌 생태계를 한곳에서 체험할 수 있었다.

관심사는 오직 개미관이다. 개미의 일터를 그대로 옮겨 놓아 개미의 활동 세계를 한눈에 살펴볼 수 있는 곳이다. 특히 나뭇잎을 잘라다 그걸 거름 삼아 버섯을 재배하는 지구상의 최초 농사꾼 개미, 나뭇잎을 말아서 집을 짓는 목수 개미, 뱃속에 꿀을 가득 담아 저장하는 꿀단지 개미 등 우리나라에서 볼 수 없는 개미 생태를 관찰할 수 있었다.

개미집으로부터 10미터 떨어진 일터에서 일개미들이 조를 이루어 땅을 일구고 나뭇잎을 자른다. 일터에서 조금 벗어나 식사를 한 후 귀가하는 데, 각자 무얼 입에 물거나 머리에 이고 통로를 따라 이동한다. 뒤돌아보지 않고 뚜벅뚜벅 간다. 운반물은 곳간의 먹이 비축용이나 방의 장식품이다. 임무 교대 차 일터로 향하는 행렬이 귀가하는 자들과 마주칠 때 고개를 끄덕거린다. 고단하기는커녕 마냥 행복해 보였다. 진정한 일꾼들의 모습이다.

내근하는 일개미들은 맨손으로 퍼낸 흙에 체액을 섞어 태산 같은 탑을 쌓는다. 개미탑은 출입구가 매우 특이한 설계이며, 거주하는 공간과 방 사이의 정교한 터널, 미로의 통풍 시스템은 적정한 온도와 습도를 유지한다.

개미는 철저한 계급 사회를 이룬다. 여왕개미, 일개미(암컷), 수개미, 병정개미들은 각자 자기에게 주어진 임무를 하면서 살아간다. 체내에서 분비하는 호르몬 '페로몬'이나 소리, 몸짓 등으로 의사소통을 하는 사회성을 보인다. 잡식성으로 자연계의 청소부 역할을 한다. 개미는 자기 몸의 20배에 달하는 물체를 들고 50배 무게를 끌 수 있으며, 지치지 않고 일할 수 있는 비결은 유연한 개미허리에 있다. 역발산기개세를 자랑하는 천하장사 항우라도 당할 재간이 없다.

개미집은 각각 쓰임대로 여왕개미방, 암·수 개미방, 애벌레방, 육아실, 시체실, 버섯 재배실, 음식 저장 곳간, 비상구 등 없는 게 없으며 모든 방은 통로로 연결된다. 사회 계층에 따라 방의 구조를 달리한 기상천외의 세계가 펼쳐져 있다고 한다. 여왕개미는 평생 수천에서 수만 개의 알을 낳아 지구상에서 가장 성공적으로 번식하는 종種이지만, 노쇠하여 산란능력이 떨어지면 벌처럼 숙청의 비운을 당한다.

미물微物인 개미지만 분업과 협업, 근면과 질서, 사회생활 규범 등은 인간이 본받을 귀감이다. 해서 개미는 보은報恩과 의리의 곤충으로 동화에 자주 등장한다.

S자 잘록한 몸매를 갈구하는 여인들이 어설프게 개미허리처럼 몸을 가꾸다 1)개미귀신 함정에 빠질까 염려된다. 2)'구궁주 실 꿰기'의 개미허리는 근로 행군 등에 적응하고자 거듭 진화한 산물임을 깊이 새겨야 할 것이다.

인간은 1만 년 전에 농사를 시작했는데 개미는 무려 7만 년 전부터 농사를 지었단다. 개미는 벌[蜂] 목에 속하는 곤충으로 만여 종을 넘으며 그 개체 수가 대략 2경으로 그 무게는 지표의 생물체량 15~20%를 점유하고, 지구상의 인간 총 무게를 능가한다. 극지를 제외하고 세상 모든 곳을 다 등정한 개미들이 사라진다면 지구는 더 이상 존재할 수 없을 것이다.

어제 만났던 개미들이 나에게 보낸 눈길은 바로 여기를 가보란 것이었다. 생태관 관람을 마치고 앉은뱅이 술 양조장으로 발길을 옮겼다. 수정 빛깔의 서천 한산소곡주 향기가 코를 스친다. 동행한 여인들 앞에서 "개미처럼 건배!"를 외치니 잘록한 개미허리가 눈에 아른거린다.

2019년 1월

---

1) 개미귀신 : 개미의 천적 개미귀신은 명주잠자리의 애벌레다. 개미귀신이 모래밭에 갈때기 모양의 구덩이 함정 '개미지옥'을 만들어 모래 속에 숨어 있다가 개미가 빠지면 모래를 마구 뿌리며 모래 속으로 끌어들여 턱에서 나오는 마취액으로 개미를 마취시킨다. 개미의 체액을 흡수하여 명주잠자리로 자란다.
2) 구궁주 실 꿰기 : 구슬의 실 구멍이 굽어 있을 때 반대편 구멍에 꿀을 바르고 개미허리에 실을 매어 굽은 관으로 들여보내 구슬을 꿸 수 있다는 불교 신화.

다시 한 번

세밑에 부부들이 윷놀이를 한다. 부부가 한편이 되어 윷을 쳐서 순서를 정한다.

말판馬板 놓는 방법이 예전과 달리 진화되어 건너뛰기, 뒤돌아 가기, back '도'의 함정이 있어 스릴 만점이다. 윷이 낙장 되어 윷판을 벗어나면 무효다. 희비가 엇갈린다. 말 업기, 지름길, 돌아가기 선택 등 말판 놓기에서 배포와 용병술로 쫓기고 쫓는다. 업느냐 따로 가느냐. 망설이며 기로에 선다.

화기애애하게 서로 우의를 다지며 윷놀이가 시작된다. 초반에는 말을 놓으면 잡는 것이 다반사나 중반전이 되면 우열이 나타난다. 남들은 '모'에다 '걸'을 쳐서 지름길로 가고, 두 '윷'을 연거푸 치니 준마駿馬다. 우리는 기껏 쳐야 '걸'이고 거의 '개' 아니면 '도' 이니 죽을 맛이다. "좀 잘 쳐봐. '도'만 치지 말고" 아내한테 핀잔을 준다. 그러자 말이 계속 죽으니 "말 좀 잘 놔 봐요. "하며 소리를 벌컥 지른다. 내분 일보 직전이다.

"내가 말판을 놓을게요."라며 말판을 아예 자기 앞에 갖다 놓는다. 장기집권의 말로가 이런가? 군말 없이 정권을 넘겨준다. 한데 앞서 달리던 쌍두마차가 함정에 걸려 되돌아와 바로 우리 말 뒤에 왔다. 아내 차례다. 빨리 도망가야 하는데 조마조마하다. 드디어 친 것이 하필 back도! 멀리 도망가야 할 말이 후진하여 뒷말이 비명횡사하니 아내는 머리를 조아리며 사죄한다.

용서를 빌 게 따로 있지, 오히려 병 주고 약주니 약이 올라 상대방 얼굴이 벌겋게 달아오른다. 죽고 사는 판인데 예의범절이 필요할까. 애써 친 말이 죽을 때 안절부절못했던 그녀다. '모'를 쳐서 잡고, 다시 '윷'이어 '걸'로 쌍두마차를 포획하며 종횡무진 한다.

살생을 그만두라 해도 어쩔 수 없다며 보복의 칼을 휘두른다. 아내는 불경 공부를 열심히 하는 불자佛者인데 무자비하다. "왜 잡아? 업고 말지." 아내한테 통사정한 말[言]이 남의 불난 집에 불을 질렀다. 그러니 죽은 기수騎手가 가만히 있을 리 없다.

"어디 두고 보자!" 이를 부드득 간다. 복수는 복수를 낳는 법. 창밖에 눈이 소록소록 내리는 소리가 들리니 열기로 뿌옇게 된 창을 내다본다. 차라리 손잡고 눈길을 걸을걸. 후회막급해 하는 친구에게 "여보, 기회가 또 오는데 왜 그래요?"라고 살살 달래는 부인은 진정 군자이시다.

앞서 기고만장하게 질주하다 되돌림 점에 걸려 되돌아갈 때는 통탄할 수밖에 없다. 다행히 다음 주자가 건너 뛰어 날랜 걸음으로 간다. 앞의 업은 말을 '걸'로 잡을 수 있는 결정적인 찬스가 왔다. '걸'을 쳤는데 그만 낙장 이탈이 되어 그 자리에 머물다 다음 추격자에게 잡히니 짝을 멍하니 바라만 본다. 다들 내심 고소하게 여긴다. 남의 불행을 나의 행복으로 여기는 고약한 심보다. 평소 그렇지 않으신 뼈대 있는 집안 출신인데, 절대 본심은 아니라고 본다.

짜릿한 장면이 연출된다. 확률적으로 빈도수가 낮은 back '도'를 쳐서 쫓아오는 말[馬]을, 그것도 세 개나 업은 말을 잡았다고 희열을 느끼며 부부간 손뼉을 부딪치며 환호한다. 잡힌 기수는 "괜히 업었다 당했다."라며 벌러덩 나뒹군다. 눈동자에는 과유불급過猶不及 회한의 그림자가 비친다.

말 세 개가 나고, 나머지 말 한 개만 나면 우승으로 금의환향이다. 그 마지막 말이 하필 되돌림 점에 걸려 두 바퀴 째 도니, 보는 사람은 배꼽을 빼고 웃지만, 돌고 도는 기수는 어지럽다. 이를 일러 새옹지마塞翁之馬라는 듯싶다. 종잡을 수 없는 확률로 애간장을 태운다.

이기고 지는 것은 병가지상사兵家之常事라지만 인간이기에 잡으면 환호하고 잡히면 가슴을 친다. 그러니 성악설과 성선설 중 성악설만 존재하는 경기다. 마치 아옹다옹하는 인생 여정 같다.

우리는 인정사정없이 앞선 말을 잡다 원수를 많이 만들었다. 그러니 그들의 합종연횡合從連橫에 봉쇄당해 참패했다. 가뜩이나 아내가 "당신은 재직 시 경영을 어떻게 했어요?"라며 뒤통수를 치니 더욱

열이 오른다. 하기야 야릇한 윷판에 어쩔 수 없이 희비가 엇갈리는 경기지만, 나는 전략도 전술도 없었다.

참패의 원인을 분석하고 지피지기知彼知己 백전백승百戰百勝 전략을 세운다. 낙장 안 하기, 상황에 따라 업거나 분산하는 전략을 세우고, 잡히지 않는 곳에 방어 포진, 모서리 점에서 방향 선택, 돌림 점 건너뛰기 등 전술을 세우고, 말판은 아예 아내에게 인생 역전을 맡긴다!

산전수전 헤치며 목적지에 골인하는 꿈을 꾼다. 지나온 여정 중 가장 황금기를 지금으로 연장하여, 못다 이룬 꿈을 이루도록 외친다. 다시 한 번. Once again!

2019년 1월

서동요薯童謠의 주인공

여동생 아들 결혼식에 참여했다. 국경을 넘어 이루어진 김기선과 무카에 마키[迎 眞樹]와의 백년가약이다. 폐백을 받는데 일본서 온 하객들은 신비스럽다는 눈길로 바라본다. 의젓하고 늠름한 신랑은 서동왕자이고 연지 찍은 아리따운 신부는 선화공주 같다.

나는 [1]同心之言 其臭如蘭동심지언 기취여란, 행서로 쓴 족자를 선물했다. 문화가 다른 나라 출신이니 서동과 선화공주처럼 마음을 합해 난초 향기처럼 그 사랑이 그윽하게 맺어지길 염원했다.

몇 년 전(2005.9.5.~2006.3.21.) SBS에서 삼국유사에 나오는 설화인 우리나라 최초 향가 '서동요'를 방영했다. '대장금'에 이어 한류를 마음껏 뽐내는 역작이었다. 마치 내가 서동이듯, 월화 드라마를 보려고 한 잔 걸치는 것도 사양하고 귀갓길을 서둘렀다.

---

[1] 同心之言 其臭如蘭 : 소학 嘉言篇(가언편)의 주역 글귀인 二人同心 其利斷金 同心之言 其臭如蘭(두 사람이 마음을 합하면 그 예리함은 금을 자를 수 있고, 마음을 합하면 그 냄새는 난과 같다)에서 따옴.

공교롭게도 3년 후 2009년에 서동이 백제 무왕이 되어 창건했던 익산 미륵사지를 복원하기 시작했다. 석탑 해체 과정에서 발견된 금판에 '무왕의 왕비인 좌평 사택적 딸의 발원으로 석탑을 세웠다.'라는 기록으로 서동요는 사실과 다른 설화 일뿐이라는 논란을 낳았지만, 설화라도 얼마나 아름다운 사랑인가! 나는 일부러 익산 미륵사지를 찾았다.

요즈음 다시 '서동요'가 재방되어 낙으로 삼으니 방영 시간을 빠뜨릴 수 없다. 서동요를 살펴보면 궁중 무희舞姬 '연가모'와 하룻밤을 보낸 백제 27대 위덕왕은 四子가 새겨진 야명주 목걸이를 주면서 "만약 아들이 태어나면 훗날 나를 찾아오라."라고 했다. 연가모가 아들 장璋을 낳자 왕실에서 연가모를 제거하고자 하여 신라 두메산골로 피신한다.

그 무렵 연가모와 장래를 약속했던 태학사 야금 기술사인 목라수木羅須 박사는 억울한 누명을 쓰자, 자기를 따르는 무리와 함께 신라 산중으로 피신하여 '하늘재'를 설치하고, 공예품을 만들어 장에 내다 팔며, 신라 궁중에도 납품한다. 선화공주 아버지인 진평왕이 신비스럽게 가공한 공예품을 보고 놀란다.

장이는 오두막집에서 밤에는 어머니로부터 글을 배우고, 낮에는 산에서 마를 캐어 장에다 파는 아이였기에, 한자로 마 서薯, 아이 동童. 서동薯童이라 불리게 되었다. 마를 장에다 팔면서, 마를 사러 온 신라 진평왕 셋째 딸인 선화공주를 만난다. 또렷하게 생긴 서동을 선화공주가 좋아해서 둘은 몰래 자주 만난다. 서동은 밤마다 꿈속에 나타나는 선화공주를 아내로 맞이하기 위해 서동요를 지어, 애들한 테 마를 공짜로 주면서 서동요 노래를 가르친다.

선화 공주 니믄　　(선화공주님은)
남 그즈시 열어두고　(남 몰래 시집을 가서)
맛둥방을　　　　　(맛둥 서방을)
바메 몰 안고 가다.　(밤에 몰래 안고 잔다.)

서동 어머니는 그녀를 추적하는 무리에게 화살을 맞아 숨을 거두기 직전 야명주를 아들에게 주면서 하늘재를 찾아가라 한다. 졸지에 고아가 된 서동은 하늘재로 가서 목라수의 제자가 된다. 하늘재 백제인들이 만드는 장식품들은 가히 신기롭다. 연금술과 야금술로 만든 공예품, 화려한 의상 등은 백제 시대의 찬란한 문명·문화를 보여 준다.

어느덧 10년이 지나도 서동요는 사라지지 않고 궁중에까지 퍼진다. 이로 인해 백관들의 특간特諫이 빗발치니 할 수없이 진평왕은 선화공주를 외지로 내친다. 서동이 백제 사람임을 알게 된 선화공주는 상인으로 신분 위장하여 백제로 그를 찾아 나선다. 서동은 백제로 돌아와 많은 공을 세워 아좌태자의 호위무사가 된다. 선화공주는 천신만고千辛萬苦 끝에 서동을 만난다.

위덕왕이 승하한 후 황실과 귀족들은 기득권을 위해 치열한 공방전을 치르니 예나 지금이나 다를 바 없다. 아좌태자가 암살되는 기간 서동은 4남 무광 태자임을 숨기며 정통성을 이어가기 위해 온갖 고통을 이겨낼 수 있었음은, 선화 공주의 격려와 용기, 사랑과 믿음이 있었기 때문이다.

서동과 선화공주는 한마음이 되어 천심을 얻는다. 서동은 신출귀몰한 지략으로 30대 무왕으로 등극한다. 선화 공주는 신라로 돌아가며 꼭 돌아오겠다고 약속하니, 무왕은 꼭 데리러 가겠다고 화답한다. 사랑의 맹세를 위하여 선화 공주가 신라로 갈 때, 구름이 산을 넘으며 꽃비를 뿌리고 산은 해를 낳아 꽃길을 비춘다.

언약을 지키기 위해 목라수를 결혼 동맹 사신으로 보내, 신라로 돌아간 선화 공주를 왕비로 맞이한다. 서동은 목라수 박사의 지혜에다 선화공주의 슬기를 더해, 오로지 백성을 위한 선정을 편다. 노비들을 면천免賤 시키고, 귀족의 토지 겸병과 도지를 몰수하여 백성에게 나누어주며, 세금을 탕감한다. 사병私兵을 폐지하여 그들로 하여금 저수지를 만들어, 평야의 밭이 곡창지대의 논이 되니 나라가 부강해진다. 이렇듯 '서동요' 드라마는 찬란한 백제문화를 배경으로 행복하게 막을 내린다.

며칠 전 조카 부부를 만났다. 내가 써준 족자를 침실에 걸고 매일 마음으로 새긴다 하니 흐뭇하기 그지없었다. 나라의 문화가 다르지만 슬기와 총명함으로, 한마음이 되어 향기롭게 극복해가는 조카 부부는 어쩌면 '서동요의 주인공' 서동과 선화공주다.

2019년 1월

시인의 노래를

서울역에서 전철을 기다리다 스크린 도어 '지하철 시'를 무심코 보게 되었다.

아, 고요다

엄창섭

밤이 깊어 삼경三更인데
수천의 별 호수에 잠기고
바람 끊긴 산사山寺의
여울 소리 맑기도 해라

하늘하늘 백목련 꽃잎이
사르르 감기 우는 두 눈,
아흐, 월광月光의 수줍은 속살
마냥 고와 눈부셔라.

눈이 번쩍 띄는 시다. 시를 읽으니 가슴이 짜르르 녹아 내린다. 친구를 만나다니! 작자는 중·고교 동창으로 고향을 대표하는 시인으로, 평창 동계올림픽을 유치하고자 유치단으로 케이프타운을 방문하며 애를 썼다. 중학교 같은 반으로 시인 '원영동' 선생님께서 지도하신 문예반 출신이다.

중학교 여름 방학 기간, 오대산 '사고사史庫寺'에서 4박 5일 수련회에 참가하여 은사님(훗날 한맥문학 주간)으로부터 지도를 받던 정경이 떠오른다.

새벽 여승들의 목탁소리를 들으며 묵상하고, 시 강의·시 짓기·시 낭송으로 하루를 펼쳤다. 해질 무렵 산 그림자가 내려오면 산기슭을 걸으며 버섯 냄새를 맡고, 송사리가 노니는 계곡물에 어리는 까까머리, 얼굴을 보며 '산유화' 시를 읊었다.

밤에는 인경 소리를 들으며 달빛 속 별을 세었다. 배고픈 시절이라 출출할 즈음에 스님이 삶아 낸 감자는 꿀맛이고, 고소한 찰옥수수를 한 알 한 알 떼어 씹다 끝내는 하모니카를 불던 추억이 차창을 스치며 쏜살같이 다가온다. 단 두 문장으로 이루어진 '아, 고요다.'의 시로 산사의 풍경을 담아 전하니, 짜릿함을 느끼며 시의 세계로 빠져든다.

시를 쓰고 싶다. 그때처럼 참신한 시를 쓰고 싶다. 한데 시상詩想의 문을 열어주지 않는다. 반세기를 훨씬 지나며 세파에 찌든 몸, 시 샘이 마르고 막혔다.

엄 교수는 청순한 소년 시인의 가슴을 고이 간직하며, 오직 문도의 길을 걸어 문과대학장을 역임한 청출어람 친구다. 고향을 지키며 후학들에게 문학을 가르치며 덕을 베푸니 고맙고 부럽기 이를 데 없다. 나는 방랑자일 뿐인데….

엄 교수에게 전화를 하니 반긴다. 시 샘이 꽉 막혔을 거라며 뚫어줄 테니 어서 오라 한다. 가슴이 일렁거린다. 하지만 60년이 지난 세월을 접어서 소년 시절의 시심으로 돌아간다는 게 그리 쉬운 일인가. 고개를 절레절레 흔든다.

나와의 진솔한 대화를 담는 수필을 쓰기로 작심하여 수필 강좌를 듣게 되었지 않은가. '오창익 수필론'은 그저 신변잡기身邊雜記가 아닌 독자에게 감동을 주는 수필문학이다. 주제화. 의미화, 자기화로 엮는 수필 이론 강의에 심취하니, 이 길로 오길 잘했다 싶다.

한데 어쩌랴. 문학지를 받으면 먼저 시편을 본다. 좋은 시를 만나면 읽고 또 읽는다. 서실에서도 한역漢譯한 '윤동주 서시'를 행서行書로 쓴다.

서시序詩

죽는 날까지 하늘을 우러러	仰天至死日앙천지사일
한 점 부끄럼이 없기를,	一點無羞恥일점무수치
잎새에 이는 바람에도	葉間興起風엽간흥기풍
나는 괴로워했다.	我常煩悶悲아상번민비
	(중략)
오늘 밤에도	今夜亦依舊금야역의구
별이 바람에 스치운다.	星衿過風빠성금과풍이

시인 친구 얼굴이 자꾸 떠오른다. 독자도 감동하고 나도 무릎을 치는 수필문학을 펼치게 될 때에는 '시상의 문'을 두드려, 동심을 지녔던 까까머리 수련회로 돌아갈 테다. 그대가 나무라면 나는 잎새가 되어 '시인의 노래'를 부르련다.

2019년 3월

새벽을 여는 친구

새벽을 여는 친구를 만나기로 했다. 며칠 전 강릉사랑 문인회원들에게 '김동주 어부사시사'를 들으러 가자고 했더니 다들 반겼다. '어부사시사'라고? 들뜬 마음으로 고성군 토성면 '봉포항'서 만나 동행하기로 했다.

'(주)동해 에스티에프(Salmon & Trout Fishery)' 회사 앞에서 우리를 반기는 친구는 나와 대학 입학 동기다. 이런저런 사연으로 52년 만에 만났지만 해풍에 그을린 어부의 얼굴은 전연 낯설지 않다. 그이는 우리를 회사에 안내하여 본인이 직접, 동해에서 연어 양식하는 과정을 동영상으로 설명했다. 바다에서 푸른 미래를 창조하는 얘기에 귀를 기울이지 않을 수 없다. 푸른 바다에 운명을 걸고 '새벽을 여는 친구다.'

친구는 2012년부터 이름(東洲: 동쪽 물가)대로 전생의 인연 탓인지 동트는 고성, 양식 어업 불모지인 봉포항서 회사명도 동해를 앞세우고, 명실공히 심해를 누비며 블루오션 어부사시사를 짓는다.

봉포항에서 연어 양식 성공을 한 사례가 매체를 통하여 알려졌지만 막상 '어부사'를 들으니 기가 막힐 일이다. 동기 동창이지만 나는 퇴직 후 문학도랍시고 거들먹거리지만 그는 블루오션의 비전으로 바다에 정열을 쏟아붓는 어부다.

연어는 한해성寒海性 이어서 해양 심층수에서 양식을 하지만, 육상에서 온도 15℃ 이하의 민물과 해수라면 양식이 가능하여 사계절 출어를 할 수 있다고 발상 전환했다. 하여 건설 중인 육상 담수양식장 현장으로 안내한다기에 뒤를 따랐다. 눈[雪]이 내려 해송은 솔 눈꽃으로로 단장하여 우리를 맞았다. 송지호 인근에 자리한 거대한 정수장과 양식 담수가 모습을 드러냈고, 뒤를 이어 작은 수조水曹들을 짓고 있었다.

연어는 부화용 탱크에서 태어나 '입 부침 탱크'로 옮겨 20g까지 자란 치어를 해수와 민물이 섞인 중간 탱크로 옮긴다. 그 탱크에서 생리적 변화를 일으키며 몸 색깔을 은색으로 단장한다. 150g까지 자란 스몰트(Smolt) 연어가 바다로 나갈 준비를 마치면, 해수 탱크로 옮겨 해수에 적응하는 기간을 갖는다. 부화에서 500g까지 자라는 데 1년이 걸린다고 한다.

500g으로 자라면 망망대해 같은 '성어 해수조'에서 4kg 정도의 성어가 되는 데 1년이 걸린다. 짓고 있는 담수 양식장 연어 출어 량은 연간 750톤이란다.

하루 양식에 필요한 담수 400톤을 정화하여 리사이클링(Recycling) 하며, 항온 설비로 담수는 15°C를 유지하며 하루 보충수는 1톤 이내다. 배출수는 증발수가 대부분이고 폐수는 극히 적은데, 그 폐수는 생활용수로 가능하다. 육상 양식장에는 1급수 강물이 흐르다가 바닷물과 만나며, 해양 심층수가 출렁인다. 이러니 육상 양식장은 강과 바다를 아우른 복합 최첨단 친환경 설비다.

금년 내로 완공되면 내년부터 연중 출어할 계획이고, 2040년에 해양과 육상에서 연간 40만 톤을 생산하여 수입 전량을 대체하고, 나아가 수출하는 야심찬 목표 아래 진행 중이다.

뿐만 아니다. 봉포항서 연어 낚시 장을 개설하여 시행착오를 겪으며 가능성을 타진했다. 연어는 힘이 세어 연어를 낚는 손맛은 어디에도 비할 바 없어 태공들은 비행기로 알래스카에 연어 낚시하러 가지만 허탕 치기가 다반사다. 이 점을 감안, 태공들이 기쁨을 만끽할 수 있는 낚시장을 구상 중이다.

향후 강릉시가 철도의 거점 도시가 되는 시점에 맞추어(2025년 경) 연어 테마파크인 '강릉 연어랜드(사)' 설립을 야심 차게 추진할 계획이란다. 육상 연어 양식장, 스마트 팜, 연어 낚시 체험장 등 대단위 레저타운이 성사가 되면, 강릉시는 눈맛·입맛·손맛을 직접 느낄 수 있는 차별화된 관광 도시로 진화하여 커피와 더불어 시너지 효과를 극대화할 것이다. 그야말로 강릉의 블르 오션이다.

자연산 연어는 건강학적 면에서 양식 연어보다 떨어져, 가격이 양식 연어의 1/3 수준이란다. 산란하러 강 상류로 거슬러 올라가는 연어는 거의 탈진 상태니 양식 연어보다 고기 맛이 떨어질 수밖에 없다. 낚시장에서 연어를 낚아 즉석에서 회를 떠먹을 수 있다면 그 맛은 별미일 것이다. 바다와 땅을 제패하고, 태공의 마음까지 낚으니, 진정 새벽에 바다를 열어 온 누리를 비추게 하는 어부가 아닌가.

친구 김 회장은 2006년부터 거문도에서 양식업에 몸을 담아 유배 아닌 유배 생활을 시작으로 운명을 걸었다. 그 무렵 지구촌은 해양 개발에 꿈을 둔 블루오션(Blue Ocean) 열기가 달아올랐다. 내가 재직 할 때 해양수산부의 어자원 확보 정책 일환으로 회사에서 강제어초 鋼製魚礁를 제작하여 남해 일대에 투하한 후 물고기가 모이는지 조마 조마했으니 동병상련이다.

해초가 달라붙지 않는 구리 합금체 가두리니 항시 해수가 어망을 통해 흐른다. 부레식 튜브로 겨울에 부상, 여름에는 침전시켜, 성장 최적 환경인 평균 15℃의 해양 심층수에서 양식하는 지름 30m인 '활동성 가두리' 시스템(System)을 개발한 공로가 인정되어, 미국 정부로부터 '2018~2019 who's who in the world' 인명사전에 선정 되었다. 가히 자랑스럽고 경이롭다. 누가 이 나이에 한국인 밥상과 태공을 위해 '새벽을 여는 어부'에 도전하겠는가.

넓고 깊은 성어조 안의 연어가 유영하다 수면 위로 솟구치는 듯하 다. "내년에 꼭 뵙겠습니다."라고 하니 환청도 환영도 아니다. 서설을 맞으며 봉포항 2층 횟집에 오니 진홍 빛 연어 회가 기다리고 있었다.

어제 바다에서 갓 잡은 연어를 12시간 숙성 시킨 회! 난생처음 해양 심층수에서 양식한 연어 맛을 보니 진미다. 연어 가두리를 조립한 봉포항 주차장에 은빛 싸락눈이 내려, 연어 회는 더욱 감칠맛 났다.

어제가 어부 생일인데 유배생활 탓인지 내색을 안 하지만, 하늘이 서설로 축하한다. 케이크를 마련하여, 새벽을 여는 친구 생일 축하와 연어 양식 번창을 '위하여!' 축배를 드니 검푸른 동해 바다가 넘실거리며 춤을 춘다.

2019년 〈강릉가는길〉 제16집

꿈을 꾼 후에

어릴 적 주위 사람들로부터 꿈 얘기를 많이 들었다. 꿈을 꾼 후에 현몽이니 악몽이니 꿈 풀이에 열을 올린다. 꿈을 팔기도 사기도 한다니 신기했다. 아버지께서는 "저런 무지몽매함에 휩쓸리지 마라. 꿈으로 팔자를 고쳤다는 얘기는 들어본 적이 없다."라고 딱 잘라 말씀하셨다.

감수성이 예민한 중학교 시절 영어 선생님은 청운의 꿈을 품으라고 하셨다. 흰 구름도 아닌 한 번도 본적 없는 푸른 구름, 청운의 꿈이 무엇일지 막연했다. 훗날 훌륭한 사람이 되어야겠다는 소원이 아닐까 짐작만 했을 뿐.

링컨 대통령의 "국민의, 국민에 의한, 국민을 위한" 위민(爲民) 정책 연설문에 감명을 받았고, 존 에프 케네디 대통령의 "국가가 당신을 위해 무엇을 할 수 있는지 묻지 말고, 당신이 국가를 위해 무엇을 할 수 있는지 물어라."라는 대통령 취임 연설문이 가슴을 두드렸다.

세계 대전 일촉즉발 상황에서 케네디가 '쿠바 핵미사일 위기'를 리더십과 용단으로 막았을 때 내 가슴에는 피가 끓었다. 케네디 대통령이야말로 나의 영웅이요 꿈이었다. 영어사전 표지에 존 에프 케네디의 사진을 붙였다. 그의 얼굴을 대하고 단어를 외우면 잊어먹지 않았다. 선생님이 내 사전을 보고 빙그레 웃으셨다.

1963년 11월 22일. 케네디 대통령의 서거 소식을 접하자 하늘이 노랬다. 재클린이 추모의 행렬에서 통곡하며 고독의 눈물을 뿌릴 때 나도 한없이 울먹이며 하늘을 원망했다. 존경과 선망의 대상이 총탄 한 발에 쓰러지다니, 정치가의 말로가 너무나 허망해 보였다. 새마을 운동의 화신 '박 대통령'도 흉탄에 서거하시자, 훗날 정치가가 되려는 꿈은 아예 접었다.

군 시절 지형정찰 갔다가 귀대 중에 생긴 일이다. 배가 고파 산마를 캐서, 마른 소똥으로 불을 지펴 구워 먹었다. 산을 내려오다 돌아보니 연기가 올랐다. 화급히 돌아가니 산불이 일기 시작했다. 맞은편 산자락에 탄약 무기고가 있는데 산불이 옮아 붙으면 큰일이다.

위기에 괴력이 나왔는지, 도저히 꺾지 못할 소나무를 단번에 꺾어 휘둘러 불을 껐다. 그야말로 사생결단이었다. 하늘이 도와 그때 바람이 멎지 않았다면 끔찍한 일이 생길 뻔했다. 꺼진 불도 다시 확인하지 않아 일어난 불이었다.

성한 데 없는 군복에다, 온몸이 만신창이가 되어, 흡사 외계인 꼴로 귀대했으니 그날 밤 기합은 당연한 벌이었다. 밑바닥이 드러난 군화를 신고 연병장을 돌고 돌았다. 문둥이 눈썹이 제 모습이 될 때까지 두 달이 걸렸다.

군 복무를 마치고 복학하여 기숙사에서 지내게 되었다. 토요일 복학생들이 강바람을 쏘이려 가자 하여, 청량리에서 경춘선을 타고 대성리에서 내려 강가의 식당에 자리를 잡았다. 매운탕에다 막걸리 한 잔을 걸치다 보니 이태백처럼 호연지기浩然之氣가 발동하여 구명조끼를 입지 않은 채 기타를 들고 노 젓는 배를 탔다. 예기치 못한 사단이 시작되었다.

기타 반주에 맞추어 신나게 노래를 하며 노를 저었다. 강 한가운데에 이르자 상류로부터 난데없는 격류가 파도를 이루며 밀려오고 있었다. 수문 방류를 사전에 알려주었다면 배를 타지 않았을 텐데, 뒤늦게 확성기로 수문 방류를 알리니 죽음의 검은 공포가 엄습했다.

모두 배에 내려 좌우로 두 명씩 배를 잡도록 하고, 나는 배 후미를 잡고 격류에 운명을 맡겼다. 드디어 격류가 배를 덮치자 배가 전복되지 않도록 사력을 다했다. 기타와 학생증이 떠내려갔지만 바라만 볼 뿐이었다. 악전고투 끝에 강 한가운데를 벗어났다. 기진맥진한 가운데 구조대의 도움을 받아 다행히 전원 목숨을 건졌다. 가슴이 놀랬는지 한낮에도 공포증에 시달리다 황급히 올라오신 어머니의 탕약을 들고 진정되었다.

대학을 졸업할 무렵, 회사에 입사하기 전에 할 일이 없어 여러 가지 잡념에 젖었다. 한데 연이틀 처음으로 '산불'과 '대성리 물놀이' 꿈을 생생하게 꾸었다. 꿈을 깨니 땀이 흠뻑 났다. 꿈이란 잠자는 동안 일어나는 심리적 현상이라는데, 기막힌 사연이나 간절한 바람이 뇌 속에 잠재했다 나타난다니 꿈이란 게 바로 이렇구나 싶었다.

　회사에 다닐 때 과음한 날에는 자주 잠꼬대를 했단다. 코를 골며 자다가 벌떡 일어나 평상시처럼 지시하고 대화하다가 갑자기 고꾸라져 누워 잔다며 아내는 알다가 모를 일이라 했다. 잠꼬대는 꿈의 진화인가? 일에 몰두하다 보니 그런가 보다 했고, 그나마 몽유병 환자는 아니기에 다행이라 여겼다.

　요즈음 기가 허했는지 부질없이 잡념에 젖은 날은 여지없이 꿈을 꾼다. 두려운 꿈은 아니지만 꿈속에서 애가 타서 허우적거리며 식은 땀을 흘린다. 차라리 개꿈이면 좋겠다.

　정신을 한곳에 집중하면 어떤 일이라도 이루어진다고 하지 않는가. 하여 어수선한 '꿈을 꾼 후'에는 맑은 정신으로 집중하여 서예와 수필 쓰기에 임한다. 신기생동하는 서체의 묵열墨悅과 감동을 주는 한 편의 수필로 '다이돌핀' 호르몬이 생성되는 꿈을 꾸기 위해서다.

2019년 11월

5-1번 형제

5-1번 전화다. 열흘도 안 지났는데, 안부가 지구상에서 살아있느냐며 내일 만나자고 한다. 전화를 받으니 썰렁한 방안이 훈훈하다. 오늘이 정월 대보름이라 옥상의 달이 휘영청 밝다. 나도 친구도 한해 무병, 무탈하기를 마음속으로 빈다.

해를 거듭할수록 동창회원들이 하나둘씩 안 보인다. 하늘나라로 여행 갔거나 아파 못 나온다. 친구 얼굴을 그리며 만나러 간다. 친구를 만나면 너털웃음이 있어, 웃음 보약을 먹으러 간다. 웃고 웃기는, 유머 감각이 넘치는 친구 '임병기'는 베푸는 데는 앞장서고 받는 데는 꼴찌에 서며, 입을 열기 전에 귀를 먼저 여는 중·고교 동창이다.

친구는 전공과는 달리 제약회사에 입사했다. 특유한 친화력과 남다른 열정으로 판매 불모지를 개척하여 매출 신장에 입지적 전설을 낳으며 125년 창사 이래 초고속 승진했다. 34세 때 본부장이 본인의 정점頂点이라 생각하고 회사의 만류에도 불구하고 또 다른 길을 택해 회사를 차려 번창하니 인물 연구 대상이다. 터미널에서 버스를 기다리다 지루하여 '부채표 활명수'를 사 마시니 활력이 솟아올랐다.

친구는 고교 시절 '아파치' 회원으로 심신 수련할 때 얼음물에서 냉수마찰하며 인연을 맺었다. 그는 밴드 악장으로 여학생에겐 연일 상종가를 치니 친구들로부터 부러움을 샀다. 요즈음도 "냉수마찰하러 가세."하면 고개를 흔들기는커녕 "좋지!"라고 한다. 항상 새로운 것에 도전하며 호기심을 불러 일으킨다.

친구는 독자獨子다. 구 남매인 내가 부러웠던가. 까다로운 형님들의 비위를 어떻게 맞추었는지 형님들이 나보다 친구를 더 좋아하는 지경에 이르렀다. 큰형님이 애주가이시니, 호형호제하며 술자리를 한 모양이다. 세상에 공짜가 어디 있겠는가. 결국 큰형님을 설득해, 자기는 5-1번 다섯째이고 나는 5-2번으로 낙찰되었다며 의기양양하게 발표하니 그 넉살에 기가 찰 노릇이었다.

"감히 내 자리를 넘봐! 정 그렇다면 좋다. 네가 5-1번이라면, 나는 이제부터 5-0번이다."라고 했더니 어떻게 5-0번이 있느냐며 억울해했다.

5-1번은 후배사랑이 남다르다. 9년 전 후배가 자기가 사는 지역 구청장에 출마하자 캠프에서 한 달간 살다시피 했다. 함께 선거 운동하는 분들에게 논공행상에 오르내리려면 아예 빠지라며 순수한 자원봉사를 당부했다. 후배가 구청장에 당선된 후 주요한 직책을 맡아 도와달라고 했지만 손사래 치는 걸 보니, 5-1번을 낙점하신 형님 판

단이 옳은 듯싶었다.

5-1번은 '매력 자본가'임에 틀림없다. 유머 감각이 밴 몸으로 동료들을 손님 대하듯 하며, 편하게 하니 매력 만점이다. 나이 들수록 그 기술은 녹슬지도 않고, 노년의 삶을 아름다운 예술 작품으로 그리며 우리를 천천히 늙게 한다.

5-1번은 유격대장을 역임한 탓인지 바지를 걷으면 장단지는 허벅지만 하고, 힘을 주면 불끈불끈 움직인다. 여자 동창들에게 서슴없이 보여주니, 그녀들은 차마 만지지는 못하고, 남편을 생각하며 침만 꿀꺽 꿀꺽 삼키니 애처롭다.

사교술을 개발하여 악수할 때 손가락으로 상대방 손바닥을 긁으니 간지럽고 짜릿하다. 이내 안 보이는 여자 동창들은 갱년기를 겪는 분들이다. 5-1번은 센스 있는 대화로 분위기를 달구니 화장실을 다녀온 그녀들이 다시 모여든다. "볼일 보고 오셨습니까?" 너스레를 떨며 활명수를 한 병씩 준다. 병 주고 약 주니 'Me too'나 성희롱에 걸려든 적은 여태껏 한 번도 없다. 다만 한 번 당한 그녀들은 다음부터는 손바닥은 주지 않고 주먹을 내민다.

5-1번은 고교 동창회장을 40년간 장기집권하여 총통이라 부른다. 10주년에서 50주년까지 졸업 기념행사를 꼬박꼬박 챙겼다. 통장 잔고가 바닥이 나면, 지갑을 열고 티를 내지 않는다. 그것도 모르고 다들 60주년 행사는 나들이 가자며 기대를 건다.

5-1번은 빠듯한 살림을 꾸려갈 방도로 평생회원 제도를 마련했

다. 나는 일시불로 납부하여 회비 걱정을 안 하니 지금까지 잘 한 것 중 유일한 것이다. 어쩌다 모임에 못 가면 부조를 해 고맙다고 한다. 하나 두 번 안 나오면 제명시킨다고 으름장을 놓는다. 내가 5-2번이 었다면 저렇게 할 리는 만무다.

5-1번은 메모광이다. 어딜 가나 새로운 사실을 깨알같이 기록하여 기억력을 대신하니 당할 자가 없다. 때론 핀잔도 주었지만 지금은 나에게 귀감이 될 뿐, 매사 나보다 한 수 위다. 체육대회에 아내까지 동원하니 부창부수다. 가정에서도 모범이니 본받을 만하다.

큰형님 말씀이 떠오른다. "임 회장은 5-1번, 너는 5-2번이다. 우리는 형제가 한 사람 늘어났고, 5-1번은 많은 형제를 얻었으니 이보다 더 좋은 일이 어디 있겠는가!"라는 말씀은 술김에 한 말씀이 아니란 걸 뒤늦게 깨달았다. 5-1번은 형님 장례식에서 손님 치례를 맡으며 형님을 마냥 그리워했다.

요즈음, 5-1번 모친이 편찮으셔서 고향을 자주 다니니 모친 안부를 묻는다. 슬며시 "임자. 진정 너를 위해 울어 줄 친구가 있어?"라고 했더니 5-1번은 곰곰이 생각하다 "글쎄."라고 한다. "무슨 소리야. 5-2번이 있잖아!" "그래?, 고마워. 그 소리를 진작 듣고 싶었는데….." 울먹이며 내 손을 잡는다.

형님이 하명한대로 5-0번을 내려놓고, 5-2번 자리로 간 게 잘했다 싶다. 전화기를 든다. "5-1번? 나야 나, 5-2번!"

2019년 〈창작수필〉 봄호

외삼촌

　며칠 있으면 추석이라 고향 찾을 생각을 하니 가슴이 설렌다. 추석 차례와 성묘를 한 후 외삼촌을 찾아뵈려 하니 동쪽 하늘에 향수의 그리움이 드리운다.

　어릴 적에는 외가에 간다면 마음이 들떴다. 외가는 강릉 어리뫼 창녕 조씨 집성촌 집안이다. 어머니는 장녀이시어 그런지 외가 대소사에 늘 참석하셨다.

　외할아버님 생신이 돌아오면 어머니는 머릿짐을 며칠간 장에 내다 팔아, 생신 전날 시장에서 외할아버님이 좋아하시는 문어를 사셨다. 하교 시간에 맞추어 시장에서 어머님을 만나 외가로 행하는 발걸음은 가벼웠다. 마을 어귀에서 나를 앞세우고, 마을 사람들을 만나면 다섯째라며 나를 소개하셨다.

　외가에 도착하면 외할아버지 할머니께서 함박웃음으로 맞아주셨다. 기골이 장대하신 외할아버지는 저녁이 되면 일가친척들이 모인

자리에서 영특한 외손자라며 나를 치켜세우시니 나는 어쩔 줄 몰랐다. 내 얼굴과 치아가 외탁을 했다고 기뻐하시며 내 손을 잡고 주무셨고, 어머니는 외할머니와 밤새 도란도란 얘기꽃을 피우셨다.

나와 동생의 치아가 가지런하여 남들이 부러워했다. 어머님처럼 고운 모래로 이를 닦았는데 외할아버지 말씀을 들으니 치복齒福까지 외탁했으니 자랑스러웠다. 동생은 교직에서 아름다운 치아로 선정되어 '가지런한 치아' 탁본 상을 받았다.

외가를 찾을 때마다 자상한 작은 외삼촌의 따뜻한 정까지 받으니, 외가는 포근한 모정의 산실이 되었다. 정성스러운 외할머님의 음식 솜씨로 외할아버지께서 장수하셨고, 그 손맛이 어머니에게까지 이어졌다.

부모님 살아생전에 외삼촌 두 분이 우리 집을 찾아오셔서 아버님과 정을 나누시고, 어머님을 끔찍이 위하시는 것을 보며 혈육의 따뜻함을 느꼈다. 훗날 하늘나라로 먼저 가신 아버님 곁으로 어머님이 가셨을 때 큰 외삼촌(靑矢 曺祿煥)께서 비문에 새겨진 부모님 행적을 읽으며 흘리신 눈물은 아직도 내 가슴에 흐른다.

우리 형제들은 외가를 흠모했고, 외삼촌과 외숙모님을 만나면 부모님 얘기를 한없이 하시니 마치 부모님을 뵌 듯했다. 이렇듯 외가라 하면 가슴이 따뜻해짐은 무슨 사유일까?

외삼촌 못지않게 외숙모님에 대한 존경심과 사랑을 느끼기 때문이다. 외삼촌께서 발이 크시다면 외숙모님은 손이 크시다. 평소 발품과 손품으로 주위에 베품은 부창부수夫唱婦隨이니, 외손들은 그 가풍을 가슴으로 배웠다.

큰 외삼촌께서는 주문진에 거주하시며 읍내에 봉사하셨다. 동명 새마을 금고를 창립하여 이사장직을 다년간 역임, 통장에 복을 넣어 주신 분이다. 특히 집안일에 앞장서 집성촌의 우애와 화합을 위해 헌신하셨다. 여기저기 흩어진 묘지를 한곳으로 이장하여 문중 묘역을 가꾸시느라 병까지 얻어 한동안 고생하셨다.

추석 차례와 부모님 성묘를 마친 후 셋째 형님과 함께 주문진 외삼촌댁을 찾았다. 외숙모님과 외사촌 가족은 문중 시제에 참가하셨다 부리나케 오셨다. 오래 만에 아흔을 바라보는 외삼촌과 외숙모님에게 예의 그대로 큰 절을 올렸다. 아, 얼마 만에 하는 절인가! 나는 눈시울이 붉어지며 외삼촌의 손을 놓을 수가 없었다. 아니 외삼촌께서 손을 놓지 않으셨다.

찾아뵙겠다고 외사촌 아우에게 알린 탓인가. 차례 음식에다 특산물 지누아리와 어물, 문어를 듬뿍 무쳐 차린 밥상은 옛 외가를 찾을 때마다 외할머니께서 차려주신 그리운 밥상 그대로였다.

외사촌 아우가 문중 시제를 지낸 경과를 소상히 말씀드리니 외삼촌께서 다 듣고 수고했다며 덕담을 나누셨다. 외사촌 아우는 이 세상 어디에 있더라도 매일 아침 7시 30분이면 문안 전화를 부모님께 드린다고 하니 그야말로 효의 본보기 집안이었다. 해서 나는 아우에게 '7시 30분'으로 호칭을 하겠노라 하니 모두 한바탕 웃었다.

벽에 걸린 액자 휘호는, 해방 후 환국하는 전날 저녁에 김구 선생이 쓰신 초서체 친필이었다. '不變應萬變불변응만변: 변하지 않는 한마음으로 모든 변화에 대응한다.'라는 문구였다. 효의 본질은 오로지 한마음으로 세상이 변하더라도 부모님 받듦을 아우가 몸소 실천하고 있으니 그 문구가 참으로 적절했다.

또 다른 액자는 학이 날개를 펴고 춤추는 그림인데 협서狹書로 쓴 화제畫題가 눈길을 끌었다. 초서체 글은 백학이 날개를 들고 즐겁게 춤을 춘다. 『擧翼白鶴樂舞거익백학락무』이었다. 아, 이럴 수가!

아버님 생신 때 술상을 본 후, 어머님은 장구를 치고 아버님께서 학춤을 추셨음을 연상한 액자를 보니 부모님의 그리움을 주체할 수 없었다. 귀가하여 옥상에서 하늘을 우러러 부모님께 외삼촌을 뵈었다고 고하니 별이 유난히 빛났다.

서예 회원전 도록과 수필집을 드렸더니 독후감을 보내오셨는데 '그리움'이라는 한 편의 시다. 고양문학에 게재된 '운수 좋은 날' 내용 중 죽단화 이야기를 읽으시고, 지금껏 마음속 깊이 간직한 꽃 중의 꽃이 '지단이 꽃 죽단화'라고 하셨으니 죽단화를 사랑하셨던 어머님을 얼마나 그리워하셨을까.

헤어질 때 외숙모님께서 좋은 작품 많이 쓰라며 음식을 골고루 한 보따리 싸주시고, 외삼촌께서는 다음 수필집을 보내달라며 손을 흔드셨다. 이제나저제나 외가에 다녀오는 길은 멀지 않으니 무슨 조화인가. 외삼촌이 계시니 하늘에 감사드릴 뿐이다.

2019년 1월

포커페이스(Pokerface)

요즈음 친구로부터 표정 관리를 하라는 얘기를 자주 듣는다. 그럴 때마다 내 표정이 어떠하였기에 표정 관리를 하라는지 물어볼 수도 없어 난감하다.

본 대로 느낀 대로, 곧이곧대로 서슴없이 말하니, 희로애락이 얼굴에 그대로 나타난다. 단순한 성격 탓이라고 하지만, 변명일 뿐 수양 부족 탓이다.

사람과 대화를 나누기 이전에. 그저 바라보면서도 얼굴 표정이 변하니 표정은 곧 대화이다. 상대방을 존중하며 배려하는 말씨는 눈을 감고 들어도 표정을 느낄 수 있다. 그러니 말을 하던 안 하든 얼굴 표정에 따라 바라보는 이에게 전해지는 느낌은 사뭇 달라질 수 있다고 여겨진다.

나는 수염이 빨리 자라 하루라도 면도를 안 하면 털보다. 면도를 할 때마다 거울을 대하며 마치 거울과 대화를 하듯 입언저리를 오므렸다 폈다 한다. 눈을 크게 뜨기도 하고 이마를 편다. 그럴 때마다 내 인상의 변화를 마주한다. 며칠 수염을 안 깎으면 몽타주 얼굴이다. 게다가 눈썹에 서리가 내려 세월이 얼굴에서 흐르고 있음을 느낀다.

아미를 찡그리면 화난 얼굴이고 눈동자를 바로 뜨고 아미를 넓히면 온화한 모습이다. 눈을 너무 크게 뜨거나 부라리면 놀란 얼굴이고, 눈을 치켜뜨거나 내려뜨고, 옆으로 눈알을 돌리는 등 방향에 따라 째려보면 오만불손한 표정이 된다. 입과 인중의 모양과 치아의 여러 물림 상태, 고개의 기울기가 합치면 표정은 변화무쌍하다. 그러니 얼굴 표정은 이마와 아미, 눈썹, 인중과 입, 고개 모양의 합작품이다.

눈을 정면으로 바로 보며 눈을 동그랗게, 아미를 펴고 치아를 물지 않고 입을 바로 다문 모습이 나에게는 가장 좋은 인상이라는 걸 느꼈다. 세수를 하고 거울 앞에서 내 관상을 본다. 그리고 혼자 웃는 모습을 하다 웃는다. 혼자 이렇게 해서라도 웃어야지. 이리 웃어 보고 저리 웃어도 본다. 실없이 웃는다.

요즈음 왜 그렇게 시무룩하냐고 마누라한테 핀잔을 듣는다. "세상이 어지러우니 가슴이 답답하여 얼굴을 펼 수 없다"라고 하니, 애국자가 따로 없다며 빈정거리니 금시 내 얼굴이 일그러진다. 표정 관리를 해야 하는데 집에서부터 못 하고 있다. 친구가 표정관리를 하라 한 것은 귀띔이 아니라 인품의 향기는 표정에서 나온다는 메시지

였는데, 실천을 못하니 어르신이 되긴 영 글렀다.

"속내를 드러내지 않고, 언제나 부처님의 표정을 한다면 그게 어디 사람인가 신선이지."라고 여겼지만, 잠자리에서 하루를 감사하고 온화한 표정으로 잠을 청하면 곧 숙면한다. 못 들은 체, 못 본체, 덤덤하게 여기며, 하루하루를 감사하게 생각하고 작은 것에도 흡족하게 생각하니 온화한 표정이 된다. 하니 생각에 따라 표정이 결정되는 것이 아닌가. 표정관리를 생각하니 포커페이스 추억이 떠오른다.

군軍 복무를 마치고 복학하여 기숙사에 들어갔다. 룸메이트(Room Mate)는 입학할 때 알게 된 동향 출신이다. 그는 성격이 쾌활하고 순진하며 희로애락이 여과 없이 얼굴에 나타난다.

토요일 시내에서 아르바이트를 하고 기숙사에 들어오니 친구는 이불을 뒤집어쓰고 있었다. 어디 아프냐고 물었더니 대답은 않고 눈이 충혈 되어 있었다. 자초지종을 물었더니 포커 카드 게임을 하다 등록금을 날렸다는 게 아닌가. 등록을 못한다면 내년 봄 졸업식에 부모님이 오실 텐데 큰일이었다.

그날 마침 아르바이트 월급을 받았기에 친구에게 돈을 대 줄 테니 포커 게임을 한곳으로 가자고 했다. 가보니 모두 아는 얼굴들이다. 친구가 게임하는 것을 보니, 좋은 패가 들어오면 숨소리와 얼굴빛이 달라진다. 패가 좋으면 상대방은 들어가고, 상대방 얼굴을 살피지 않고 배팅을 계속하니 백전백패다.

친구 대신 내가 하겠다니 모두 동의하여 무모하게 포커를 하게 되었다. 다행히 연속적으로 좋은 패가 들어왔다. 덤덤한 포커페이스로, 내색을 안 하고 배팅을 하며 잃은 돈을 찾기 시작했다. 어수룩한 초보자가 판을 좌우하니 상대방은 약이 올라 판은 더욱 커졌다.

무표정한 얼굴로 배팅하며 친구가 잃은 돈을 회수했다. 자정이 되자 사감舍監이 오니 그만하자며 친구가 잃은 것을 제한 판돈을 돌려주고 방으로 돌아왔다. 운이 따르지 않았다면 무모한 도전에 낭패를 볼 뻔했다. 그날부터 친구들에게 나는 포커페이스로 통했다. 내가 마치 내공으로 수련을 쌓은 포커페이스로 인정을 받았다.

곡차 한 잔을 기울이며 기숙사 생활을 청산할 때, 친구한테 넌지시 "아무리 순진하더라도 필요할 때는 포커페이스가 되어야 하지 않겠는가."라고 했더니 몹시 자존심이 상했던지 "그렇게는 못해!"라고 얼굴을 붉혔으니 나는 무자비한 사람으로 각인되어 억울했다.

졸업 후 반 세기 동안 소식이 끊겼는데 포커페이스를 만나 신세를 갚고 싶다는 뜻밖의 전화다. 친구가 포커페이스라도 되었단 말인가. 아니면 자비로운 미소를 띠는 돌부처님이 되었단 말인가.

친구를 만나기 전에 무표정하고 비정한 포커페이스를 벗어나 온화한 표정관리를 하고자, 오늘도 거울 앞에서 얼굴을 실룩거린다.

2019년 〈창작수필〉 겨울 제114호

생선요리하듯 수필을

기분 전환하려 바다로 갈까 강으로 갈까. 낚싯대를 바라보며 '고기 잡이' 동요를 흥얼거린다.

> 「고기를 잡으러 바다로 갈까나
> 고기를 잡으러 강으로 갈까나
> 이 병에 가득히 넣어 가지고요
> 라라라라 라라라라 온다야」

날씨 좋은 날에 밀짚모자에 낚싯대를 드리우고 고기를 잡는 것도 좋으련만 낚싯대가 휘어지는 월척의 꿈을 접은 지가 수년이 지나 엄두를 못 낸다. 마침 집 앞 토요장에 선도가 좋아 보이는 생선이 있어 눈 딱 감고 거금을 들여 갈치와 생대구를 샀다. 눈동자가 맑았다.

옛날 낚시하러 갔다가 한 마리도 못 잡으면 귀갓길에 일부러 장에 들러 고기를 사 왔듯이, 생선을 갖고 집에 오니 아내는 뜨악한 반응이다. "왜 그냥 가지고 왔느냐." 잔소리 듣기 전에 손질을 시작했다.

칼로 비늘을 제거하고 가위로 지느러미를 자른다. 배를 갈라 내장을 빼고 물로 씻는다. 머리 토막을 낼 때 눈동자가 나를 빤히 쳐다본다. 이내 토막에 소금을 뿌리고 아내에게 검사를 받는다. 정갈하게 다루기가 쉽지 않다. 요리하기 전에 냉장고에 넣어 숙성을 시켰다.

아내는 갈치와 생대구의 고유한 맛을 내기 위해 골똘히 생각하는 모양이다. 아내가 시키는 대로 다시 야채가게에 가서 양념에 쓸 마늘과 생강, 청양고추, 쑥갓과 무, 대파를 사 왔다. 갈치는 조림을 하고 생 대구는 맑은 탕을 한단다. 아내는 뚝딱뚝딱 무를 굵게 썰고 생강과 마늘을 다진다.

저녁 시간이 다가오자 요리를 시작한다. 갈치조림은 냄비에 무와 대파를 깔고, 비린내를 없애기 위해 양념을 바른 갈치 토막을 놓고 조린다. 대구 맑은 탕은 물에 소금으로 간을 본 후 무와 숙성된 대구를 넣고 끓이다가 어느 정도 익으면 쑥갓과 파, 몇 점의 청양 고추를 넣어 끓는다.

냄비에 손맛이 우러나며 국물이 보글거린다. 요리가 끝나자 식탁에 마주 앉아 생선 요리를 즐긴다. 갈치조림은 비린내가 전혀 없고 국물이 환상적이다. 대구 맑은 탕은 담백한 가운데 향이 살아 올라온다. 별미다. 이게 바로 손맛으로 창작한 생선의 맛이다.

값비싼 재료와 조미료를 넣지 않고, 오직 채소와 양념만으로 갈치와 대구의 고유한 맛을 살렸으니 이런 먹을거리라면 식도락가는 어디라도 찾아갈 것이다. 아들딸이 오면 갈치구이와 대구 매운탕을 끓이겠다니 요리과정이 기대된다.

맛깔스런 생선요리하듯 수필을 쓴다면 애독자가 많을 것은 자명하다. 생선의 고유한 맛을 고려해 채소와 영양가가 듬뿍한 양념을 가미한 것은 수필 주제에 의미를 부여하고 구체화한 맥락으로 여겨진다. 신선한 채소에 양념을 곁들여 손맛으로 고유한 맛을 내는 것은 생선 나름대로의 자기화가 아닌가.

숟가락이 분주하다. 밥에 갈치 국물로 비벼 먹으니 밥 한 그릇으로는 모자란다. 조미료를 가미하지 않은 맑은 탕은 부드러운 살점이며 국물 맛이 일품이다. 순식간에 마파람에 게 눈 감추듯 그릇이 비었다. 발려낸 가시에 혹 살이 붙었는지 눈여겨본다.

단순한 생선요리가 마치 수필문학의 진수를 보여주는 것 같다. 조미료를 첨가한 음식이 먹기는 감미로워도 식후에 속이 느글거리듯. 현란한 형용사와 부사, 미사여구로 기교를 부린 수필이 마음의 글이 아닌 자기 자랑 자서전이나 논문이 된다면 독자가 읽기는커녕 거부감을 불러일으킬 것이다.

밥상에 차려진 맛깔스러운 생선요리처럼, 글상에 올려진 글을 독자들이 감동을 받으며 읽는다면 얼마나 좋을까. '헤밍웨이'의 글쓰기 3원칙이 연상聯想된다.

뚝딱뚝닥, 보글보글, 감칠맛 나게 피어오르는 향기처럼 그는 단순한 문장(Simple Sentence)에, 장면이 눈에 보이는 듯(Visible), 소리가 귀에 들리는 듯(Audible), 물상物像이 손에 만지는 듯(Tangible), 쉬운 문맥으로 생동감 나는 글요리를 하여 불멸의 명작을 탄생시켰으니, 독자의 존경과 사랑을 받는다.

아내의 생선요리가 입맛을 돋우는 것은 요리강좌를 열심히 시청하며 공부한 탓인가, 아니면 대대로 물려받은 유산인가. 엄마의 솜씨가 이러하니 엄마 품을 떠난 자식들은 그 순박한 손맛을 그리워한다.

'오창익 교수님'의 창작수필 강의를 들을 때가 떠오른다. 주제에 의미를 부여하여 감동이 우러나는 수필이야말로 수필문학이라 하셨는데, 감칠맛 나고 개운하게 내 입을 호강시켜준 생선요리가 또 다른 무언無言의 스승이 아닌가.

아내한테 "당신이 생선요리하듯 수필을 쓴다면 훌륭한 수필문학가가 될 겁니다."라고 하니, 당신이나 수필다운 수필을 쓰라며 웃는다.

그래! 이제부터 생선요리하듯 창작수필 문도로서 글맛 나는 수필을 써 보자. 어쩌면, 어쩌면 글감의 마음을 쓸 수 있을 것 같아 가슴이 설렌다.

2019년 12월

제2장
눈도장을 찍는다

광야曠野

연꽃이 필 때는 두물머리 세미원을 가면 좋으련만, 대중교통으로 갈 수 있는 인근 덕양구 서삼릉길 '너른 마당' 식당을 찾는다. 통오리 밀쌈과 통밀 국수, 접시 만두와 녹두전으로 유명세를 치르는 곳이다.

정갈한 상을 받기 전에 너른 마당에 우뚝 서있는 광개토대왕 비를 마주하며 읍揖 하면 후원의 연꽃이 자비스러운 웃음을 짓는다. 어쩌면 어머니 미소다. 고즈넉한 정원을 지키는 다양한 돌탑과 조각상을 에워싼 야생화가 하늘거린다. 지척의 서삼릉을 산책하면 기분이 한결 상쾌하고 몸이 가볍다.

우리 집에 광개토대왕 모조 비를 모신 지 오래다. 광개토대왕 비를 답사했을 때 구입한 기념물이다. 비碑 사면에, 북방의 넓은 '광야'를 정토하고 배달겨레를 규합한 위업을 호쾌한 예서체(隷書體: 광개토대왕체)로 각인되어 있다. 이런 귀물貴物이 거실을 지키고 있어 마음이 든든하다.

9월 18~19일. 한국산림문학회에서 문학기행을 간다는 공지사항이 전해왔다. 안동지역 일원 문화재 탐방과 숲 체험이었다. 오감을 즐기는 날이 될 것 같아 기분이 들떴다.

유네스코 세계유산으로 등재된 안동 하회마을은 삼신당 느티나무를 중심으로 기와집과 초가들이 원형으로 배치되었다. 부용대에서 바라보면 강이 마을을 감싸고 돌아가 문자 그대로 하회河回 마을이다. 홍수가 차마 범하지 못해 한 번도 수몰되지 않는 곳이다. 내가 방랑 시인이라면 한 수 읊으련만.

유학의 산실 이황 퇴계 선생이 창건한 도산서원 정원에는 후학을 가르치시며 회초리를 만드셨던 배롱나무 가지에 핀 마지막 꽃이 우리를 반겼다. 껍질이 매끈하고 속살과 겉살이 같으니 선비의 나무라고 부른다. 나무를 간질이니 체통을 지키라며 부르르 떤다. 하마터면 회초리 맛을 볼 뻔했다.

안동에도 문학관이 있을 만한데 아쉬워하며 헛제사밥을 먹고 안동 호반 자연휴양림 숲속의 집에서 별을 보다 잠들었다.

문학기행 마지막 날 예정에 없는 '이육사 문학관'에 들른다기에 쾌재를 불렀다. 이육사(수인囚人 번호 264. 본명 이원록) 시인이 이황의 13대 후손임과 그의 문학관이 안동에 있는 걸 처음 알았다. '청포도'와 '광야'를 애창한 중학교 시절이 어제 같은데, 지금 문학관에 게시된 '광야' 앞에 발길이 멈추자 숨도 멈추었다.

광야

이육사

까마득한 날에
하늘이 처음 열리고
어데 닭 우는 소리 들렸으랴

모든 산맥들이
바다를 연모戀慕해 휘달릴 때도
차마 이곳을 범하진 못하였으리라

끊임없는 광음光陰을
부지런한 계절이 피어선 지고
큰 강물이 비로소 길을 열었다

지금 눈 나리고
매화 향기 홀로 아득하니
내 여기 가난한 노래의 씨를 뿌려라

다시 천고千古의 뒤에
백마 타고 오는 초인이 있어
이 광야에 목 놓아 부르게 하리라

　하늘이 열린 개천절. 광화문 집회에 참여했다가 사상 유례없는 국
론 분열을 느꼈다. 이육사 시인이라면 광야 같은 광장에서 한 말씀
하셨을 텐데. 왠지 모르게 답답하고 씁쓸한 가슴으로 귀가하여 '광
화문 연가'를 쓰다 잠이 들었다.
　여명을 따라 광야가 하늘과 땅이 접한 지평선에서 펼쳐진다. 붉게

물들은 그곳을 향해 상상조 '삼족오三足烏'가 "삐르르 삐르르" 날개를 젓는다. 구름이 태양을 토해내니 어둠이 걷힌다. 지평선에 아련한 점 하나가 점점 커지더니, 백마를 탄 초인超人으로 지축을 울리며 질풍처럼 달려온다. 잠을 깨니 창에 여명이 드리웠다.

이육사 시인은 "모든 산맥들이 차마 범하지 못한 광야에 훗날 백마를 탄 초인이 달려와 목 놓아 부르리라."라고 조국 광복을 염원하며 의연한 기상을 읊으셨다. 한데 나는, 우리 가슴에 봄을 안겨주려고 혜성같이 나타나, 백마를 타고 말갈기를 휘날리며 달려오시는 분을 맞으러 간다. 님이 오시길 학수고대하며 꿈을 꾼 게 아닌가. 아, 진정 광야를 달려오는 초인은 언제 오시려나!

2019년 10월

▲ 너른 마당 광개토대왕비 앞에서 필자

광화문 연가戀歌

　내일이 하늘이 열린 날인데 벗으로부터 광화문 광장 집회에 가자는 전갈이 왔다. '광화문 연가'를 부르러 간다면 좋겠는데, 그것도 아닌 알림 글을 써서 전하라는 부탁이다. 여태껏 집회에 나간 적이 없어 밤새 잠 못 이루고 뒤척였다. 문득 고달프더라도 하루를 값있게 보내야겠다는 생각에 망설일 필요가 없어 무딘 필체를 움직였다.

　"존경하는 벗들이여! 우리는 법치는 모르지만 하늘이 내린 양심을 가진 자로서, 기본과 원칙에 이골이 밴 사람들이라 자부해 왔습니다. 하늘을 우러러 한 점 부끄럼 없는 사람이 어디 있겠습니까? 하지만 해도 해도 너무 민망한 세상에 살고 있는 것 같아 광화문 집회에 나가, 비록 꼰대지만 하소연 아닌 절규를 하렵니다. 정의와 순리가 무엇인지 손자들한테 얘기하기 이전에 지행합일知行合一 하려 합니다. 윤리와 도덕을 땅에 팽개치는 파행과 상식을 벗어난 정치를 더 이상

방관, 묵과할 수 없습니다. 더 이상 침묵이 금이 아니기에 자괴自塊와 방조자에서 벗어나려 합니다. 진리와 정의의 가치를 회복하고, 국가 장래를 위해 대한민국을 외쳐보려 합니다. 10월 3일 정오에!"

글을 쓰면서 이순신 장군과 세종대왕 동상이 눈에 아른거렸다. 젊은 시절 광화문에서 '광화문 연가'를, 덕수궁 돌담길에서는 '덕수궁 돌담길'을 불렀는데, 추억이 깃든 곳으로 간다니 가슴이 설렌다.

안국역에서 벗들이 모였다. 태풍으로 경포호수가 범람한 걱정을 뒤로 한 채 친구는 KTX로 상경하여 합류했다. 천하를 누비던 주당들이었지만 시위 문화를 위해 곡차를 않고 간단한 요기만을 한 후 광화문으로 행했다. 도로변에는 지방에서 올라온 버스들이 꼬리를 물고 주차했으며, 승객들마다 태극기를 흔들며 하차했다. 하늘을 활짝 열려고 상경한 분들이다.

광장을 향하며 한 부부를 만났다. 울릉도에서 출발하여 포항에서 자고 오면서 낙동강을 보았다며 상기된 얼굴로 대답했다. 우리는 마치 6.25 동란 때 부산까지 밀렸다가 낙동강을 건너, 수도 서울을 수복하며 북진하는 대열에 합류한 듯 이순신 장군 동상 앞에 이르렀다.

종로 · 남대문 · 서대문 · 사직로 · 안국로에서 광화문 광장으로 구름처럼 몰려오는 인파는 그야말로 인산인해人山人海를 이루었다. 사람 물결인지 태극기 물결인지 가늠하기 어려웠다. 그 물결은 천손天

孫인 배달의 후예들의 인파가 아닌가!

이순신 장군이 인파를 내려다보고 있다. "이 국난을 어떻게 평정하면 좋을까!" 왜적을 물리치며 '난중일기亂中日記'를 썼는데, 지금 구국 신념으로 모여든 민초들을 보며 목이 메실 것이다. 전광판 스피커에서 울려 퍼지는 '전우여 잘 자라.' 음률에 맞추어 "전우의 시체를 넘고 넘어 앞으로 앞으로, 낙동강아 잘 있거라 우리는 전진한다." 목 놓아 합창한다. 군번을 달고 불렀던 군가를.

인파에 몸을 맡겨 세종대왕 동상에 이르니, 광장을 후끈 달군 열기에 온몸이 땀투성이였다. 백성들을 위해 한글 창제라는 저력을 발휘했던 세종대왕은 오늘날 민초들의 좌우 갈등을 잠재울 초인이 나타나기를 기다리는 모습이다.

2012년 예술회원 신봉승 선배께서는 '세종대왕 대한민국 대통령이 되다.'라는 글에서 지도자가 가장 필요한 덕목이 용인用人이라 했다. 세종대왕이 대한민국의 대통령이라 생각만 해도 가슴이 벅차오른다. 조각 명단에는 총리에 도산서원을 세워 후학을 배출한 퇴계 이황을, 법무부장관에는 나라사랑을 최우선으로 한 면암 최익현을, 검찰총장에는 살아있는 권력에 맞선 개혁정치의 화신 정암 조광조를 임명하여 대한민국 미래를 열 것이라 했다. 아, 선배님은 오늘을 어찌 예견하시고 하늘나라로 가셨는가!

삼대가 함께 나온 가족, 지팡이를 짚는 노인, 태극기 옷을 입은 젊은이와 대학생들, 그나마 누려오던 한줌의 자유라도 지키고, 자유로운 땅과 미래를 자녀에게 물려주기 위해 '엄마들의 결심'이 광화문에 와야 했던 이유다.

나는 청춘 시절, 눈을 맞으며 걸었던 덕수궁 돌담 쪽으로 자꾸 눈길이 갔다. 둘이 걷고 헤어지며 오월의 향기가 필 때 다시 보자고 했는데, 세월 따라 변한 내 모습처럼 이 대열에 합류했는지 나도 모르게 그녀의 얼굴을 찾고 있다.

종합청사 앞 나무 그늘에서 땀을 식히니 나무가 너무 고마웠다. 거짓이 없는 나무는 한결같이 녹화를 베푸니 옛 위정자는 민둥산에 나무를 심으며 국론을 통일했다. 그 나무가 자라며 강산이 푸르러질 때가 행복했다. "위정자를 구심점으로 온 국민이 하나가 되어, 자연의 섭리대로 나무처럼 정직하게 살아가는 나라가 된다면, 자라나는 아이들도 나무를 심을 것이다."라는 하늘의 소리가 들리는 듯하다.

한 할머니가 화장실이 어디냐고 묻는다. 눈 뜨고 찾아봐도 간이 화장실은 없다. 주차장 지하 건물로 안내하여 화장실에 가니 100m 이상 줄을 서서 안절부절못했다. 남자들의 줄이 빨리 줄어들어 할머니를 앞세우고 기다렸다가 함께 남자화장실에서 해결했다. 화장실을 나오면서 "이제부터 남자화장실은 남녀 공용입니다."를 선언하자 남자들도 환영했다. 자리에 돌아오자 고맙다며 먹을거리를 내게 주는 할머니 손은 농사짓는 손이시니 가슴이 울컥했다.

4시에 청와대 앞으로 행진하며, 집에서는 낼 수 없는 목소리를 마음껏 외쳤다. 친구가 귀향해야기에 어쩔 수 없이 발 디딜 수 없는 군

중을 헤치며 광화문까지 빠져나오느라 진땀을 뺐다. 친구와 헤어지는데 광화문 함성이 '광화문 연가'로 바뀌어 귓전에 울린다.

"언젠가는 우리 모두 세월을 따라 떠나겠지만~ 향긋한 오월의 꽃 향기가 가슴에 그리워지면, 눈 내린 광화문 네거리 이곳에 이렇게 다시 찾아와요."

2019년 10월

다이돌핀(Didorphin) 친구

자고 나면 먼저 휴대폰 캘린더를 본다. 기억력 감퇴로 입력한 약속 일정을 본다. 오늘은 월중회 모임이니 친구 백 회장을 만나는 날이다. 웃음 짓는 모습이 떠오르니 가슴이 따뜻해지며 '다이돌핀'이 솟아나는 것 같다.

우리의 남은 인생을 가름할 수 없으니 친구들을 만나면 첫인사가 건강 안부다. 정기 모임이 해를 거듭할수록 생로병사로 인한 일들로 나를 위축시킨다. 모임 횟수가 줄고 단골 회원이 안 보이니 이러다가 고독이 밀려올까 걱정되나, 웃으며 만나고 웃으며 헤어지는 고교 동창 '백 태윤' 회장이 있어 안심한다.

살다 보면 우연이라는 천재일우千載一遇의 기회가 온다. 어느 날 카카오톡 방에 몰려든 글을 하나씩 지우다가 어느 분이 보내준 「다이돌핀 호르몬」 제목에 눈길이 쏠렸다. 99 88 234 하라고 보내준 고마운 글이었다.

정년 후 모 회사에 몸을 담았다. 첨단 소재를 개발하려고 벨러루시 국립연구소와 기술이전 양해각서를 체결하러 벨러루시를 방문할 때 친구는 우주 항공 단열 기술 정보 수집 차 동행했다. 그때 우크라이나와 벨러루시가 에너지 파동으로 영하 30도 추위에 호텔 난방이 안 되어 얼어 죽는 줄로만 알았다.

아침 미팅 때 나는 화가 잔뜩 나있는데, 친구는 웃음으로 아침 인사를 하며 얼어붙은 마음을 녹여주었다. 돌이켜 생각하면 화난 이에게 가슴을 열겠는가. 친구는 나보다 한 수 위였다.

귀국하여 첨단 기술 이전에 막대한 비용을 투자했지만 소재 개발이 결국 실패로 끝났다. 그로 인한 스트레스를 받아 '갑상선 호르몬' 이상으로 홍역을 치른 뼈아픈 기억이 있었기에, 다이돌핀 호르몬에 눈이 번쩍 띄었다.

기쁨과 감동을 받으면 우리 체내에는 전혀 반응이 없던 호르몬 유전자가 반응을 일으켜, 엔도르핀·도파민·세로토닌이라는 유익한 호르몬을 생성하여 우리 몸의 면역 체계를 활성화시킨다고 한다.

최근 현대 의학이, 감동·감명을 받았을 때 뇌하수체에서 분비되는 '다이돌핀' 호르몬은 암을 치료하고 통증을 해소시키는 데 효과가 있다는 놀라운 사실을 발견했다. 노래와 음악, 멋진 풍경에 매료되어 가슴이 뭉클할 때와 소망한 목표가 성취되었을 때. 사경을 헤매는데 구원의 손길을 받았을 때나 자신이 어버이가 되었을 적, 전혀 알지 못했던 진리를 깨달아 무한한 기쁨을 느낄 때 우리 몸에서는 자신도 모르는 놀라운 변화가 일어난다고 한다. 특히 새로운 진리를 깨닫거나 굉장한 감동을 받아 분비된 강력한 다이돌핀 호르몬은 무려 엔도르핀의 4,000배 효과가 있다니 가히 경이적이다.

무의미한 하루하루를 지난다면 노화의 길로 갈 수밖에 없는데, 친구를 볼 때마다 긍정적 사고와 불굴의 의지에 대한 감격, 호쾌한 웃음으로 다이돌핀이 솟아났는지 만남의 보람을 느낀다. "사물을 보이는 대로 보지 말고 그 내면을 보면 실재와 다르다."라는 친구의 조언을 듣고 보니 새로운 시야가 탁 트인다.

그 후 우리 집 옥상 도라지를 평소와 달리 유심히 보았다. 캡슐 같은 꽃봉오리가 터져 도라지꽃이 되고, 도라지 캡슐과 도라지꽃 모두가 정오각형이다. 꽃은 낙화가 아니라 시들며 씨방을 감싸고, 햇볕을 받으며 삭아 없어진다. 더군다나 별 모양의 도라지꽃에 황금분할을 발견하니 심장이 뛰었다. 새로운 진리를 느꼈을 때 분비되는 다이돌핀이 솟아나는 듯하니 친구에게 감사한다.

고향에서 염소를 키우는 갑순이네 사글셋방에서 기거할 때, 자주 친구를 만나러 갔다. 물도 마음대로 쓰지 못해 깨끗지 못한 신발에다 냄새마저 풍기니 친구 어머님으로부터 "좀, 씻고 다녀라."라는 야단을 맞아 마당가 수돗물에 손발을 씻을 때 수건을 갖다 주는 친구는 항상 나를 감싸준 관포지교다.

일산 '강릉 처갓집' 식당에서 고향 맛이 물씬 나는 감자적과 감자떡을 들며 처갓집처럼 느낀다. 추억을 안주 삼아 배꼽이 아플 정도로 파대 웃음을 하니 다이돌핀이 듬뿍 솟아나는 듯하다. 친구는 중학교 때 탁구선수였고, H 공대 요업공학을 전공했으며 대학 시절에 키가 부쩍 자라 나보다 훨씬 크다. 전공을 살려 '화인미셀' 회사를 설립하여 현재에 이른 존경스러운 친구, 부드러운 가슴과 호쾌한 웃음으로 월중회 모임으로부터 gentleman으로 불리는 친구다.

친구는 1994년 질석 광맥이 연결된(해미→광천) 충남 홍성 산자락에 공장을 세웠지만 질석은 일제 강점기에 채광, 고갈되어 해외로부터 수입을 하여 경량재인 무기질 단열 · 내화물 건축재를 개발하여 공급과 시공을 한다. 질석 흙을 높은 온도로 가열하면 결정수가 나오며 옥수수 뻥 튀김처럼 15배로 불어난 다공질의 폼(Form)이 되어 원예용 비료와 단열 · 내화재로 쓰인다.

한편 토목재로 균열(Non Crack)이 없는 초속경 고강도 시멘트와 모르타르를 개발하여 공급, 시공하고 있다. 공항 활주로, 원자력 발전소, 교량, 항만, 터널, 봅슬레이 같은 스포츠 시설물은 균열을 불허한다. 최근에는 고로 슬래그를 재활용하여 특수 시멘트를 개발, 특허 상품화했다. 우리 건축 토목 기술이 급성장한 것은 백 회장 같은 분들이 있었기에 가능한 것으로 본다.

내가 D 회사 서울공장에 재직 시 가열로를 보수하려면 내열재를 수입하여 해외 기술자로 하여금 시공해야만 했는데, 친구가 개발한 내열재로 손수 시공하여 크게 원가절감을 했으니 친구 덕을 톡톡히 본 셈이었다. 친구의 시공 지도와 감독은 결코 실속없는 뻥 튀김이 아니었다.

회사를 설립 운영하다 보니 과로로 간질환에 걸렸다. 어려운 환경을 극복하느라 시련과 좌절이 많았을 텐데 그 역경을 이겨내니 대견스러웠다. 친구는 순박하고 소탈한 성격으로 상대방의 하찮은 얘기라도 끝까지 경청하며, 유모와 위트로 함박웃음을 안겨주는 분위기 메이커다.

친구는 항상 긍정적 사고와 불굴의 창의력으로 남들이 불가하다고 여긴 일을 해결하여 사회에 기여한다. 일주일에 이틀씩 홍성 공장에 기거하며 제품 개발에 열정을 쏟아 붓는다. 친구의 노익장은 평소 철저한 건강관리를 하지만 낙천적인 성격에다 어려운 이에게 베풀며 느끼는 보람과 제품개발의 성공으로 느끼는 희열과 감격으로 받은 다이돌핀 덕분이라 믿는다.

신의 선물로 받은 다이돌핀을 주위 분들에게 나누어주는 백 회장이야말로 진정 젠틀맨 칭호에 덧붙인 다이돌핀 친구다. 친구 백회장이 있어 세상이 외롭지 않다. 하여 친구처럼 다이돌핀을 만들어 주위 분들에게 안겨줄 궁리를 한다.

2019년 〈경기문학〉

주파수를 맞춘다

산정호수에 간 아내가 갑자기 볼 일이 생겨, 데리러 올 수 없느냐 하여 인터넷에서 '길 찾기'를 검색하고 지하 주차장으로 갔으나 차를 어디다 주차했는지 알 수 없다. 두리번거리다 자동차 키를 꺼내 누르니 저쪽 구석에서 헤드라이트가 깜빡이며 "딸가닥" 문 개폐 소리가 들린다.

운전대에 앉아 내비게이션을 켜고 목적지를 입력하니 거리와 도착 시간이 표시된다. 아내에게 도착 시간을 알려주고, 외곽 순환도로 의정부 IC에서 하이패스로 통행료를 지불하고 국도로 가며 내비게이션 안내를 따른다.

커브 길, 학교 앞, 과속 방지턱이 있으면 속도를 낮추라고 미리 알려준다. 주위 경로 주요 건물도 보여주니, 밤이라 산천 경계를 못 볼 뿐 낮에 운전하는 거나 별 차이가 없다. 인공위성이 내비게이션을 추적하며 손바닥 보듯 알려주니 한 치의 오차도 없다. 참으로 기가 막힌 세상이다.

내가 좋아하는 FM 채널, 방송 주파수에 정확히 맞추었는지 잡음이 없는 음악을 들으며 운전한다. 안내 교차로를 지나 짐작으로 더 빠른 길을 택하니 즉시 수정 안내한다. 내비게이션 안내 시간보다 더 걸리니, 어디쯤 오느냐는 아내의 전화다.

돌아올 때는 내비게이션을 믿고 운전하는 것이 보다 안전했다. 귀가하자 전등을 켜고, 식은 밥을 전자레인지에 데워 식사를 하며 리모컨으로 TV를 본다. 인터넷부터 TV 리모컨까지 주파수가 장악했으니 주파수 세상이다.

조물주가 삼라만상을 창조할 때 창조물에 부여한 고유한 주파수가 우주 공간에 가득하다. 지금은 인간이 수많은 것을 만들어 제각각 고유한 주파수를 부여하여 재창조하니, 우리는 주파수 세상에 살고 있음을 부인할 수 없다.

인공위성을 띄워 천지간에 주파수로 교신하는 문명의 이기를 누리는가 하면, 원소가 발생시키는 일정한 주파수를 이용하여 아날로그시계를 디지털시계로 발전시켰다. 주파수를 활용하여 전화와 인터넷, 바코드 등 IT 혁명을 주도했다. 이와 같이 주파수는 생활 문명과 문화를 더 한층 편리하게 진화시켜왔다.

반면 주파수를 활용하여 저탄도 유도무기 미사일을 개발하여 무력 도발하며, 악성 바이러스로 전산망을 마비시키고, 정보를 해킹하기도 한다. 북한이 동족을 향해 미사일을 쏜다면, 초주파수 이엠피

(EMP) 시스템으로 발사된 장소로 되돌려 보내야 함이 마땅하련만 안전·무사한 곳으로 안착시킴이 좋겠다고 생각된다.

민족 해방을 맞은 우리나라 전력망은 주파수가 60헤르츠(Hz), 상용 전압은 110볼트(V)였다. 주린 배를 움켜쥐고 "잘 살아보세!" 새마을 운동 노래를 부르며 나무 전봇대를 콘크리트 전봇대로, 가정마다 수배전 설비인 처마 밑 애자와 두꺼비집, 콘센트를 교체하며 온 국민이 어려움 속에서 한 주파수로 미래 희망을 일구었다. 220V의 제품을 국산화 하여 110V 제품을 교체해 나갔다.

벼락을 맞아 까맣게 탄 나무 전봇대는 더 이상 볼 수 없게 되었다. 이상적인 전력망, 송전 손실이 가장 적은 대한민국 전력 브랜드 '220V 60Hz'를 세계가 주목했다. 이를 발판으로 지구상에서 가장 안전한 청정에너지 원자력 발전을 개발했으니 세계가 경탄할 만했다.

미국과 일본의 상용 전압이 110V로 송전 손실이 큰 것을 알면서도 교체 엄두를 못 낸다. 더군다나 일본은 북부(도쿄) 지역의 전력 주파수가 50Hz, 남부(오사카) 지역이 60Hz로 한 나라이면서도 전력을 주고받지 못하며, 50Hz 제품은 60Hz 지역에서 쓸 수 없으니 통일된 주파수를 가진 우리 전력망을 탐내며 부러워한다.

배달겨레는 한 핏줄 맥동인 백의민족이며, 상용 주파수가 같은 60Hz이다. 그럼에도 인공위성이 밤에 한반도를 찍은 사진은 남한은 불야성이나 북한은 그야말로 암흑천지다. 전력망이 50Hz인 중국이 북한의 전력 구걸을 호시탐탐 노리고 있다. 만약 북한이 중국의 50hz 전력을 받아들이게 된다면 돌이킬 수 없는 또 다른 전력 분단의 한반도가 될 것이다.

탈원전을 철폐하고 친환경 원전을 증설하여 북한에 전력을 공급하여 암흑세계를 밝혀주고, 산에서는 금수강산이 땔감으로 헐벗은 민둥산이 되지 않게 함은 인도적, 자연보호 차원에서 합당한 일이다. 나아가 중국의 야심도 차단할 수 있으니, 나의 염원이 쓸데없는 노망은 아니니라.

산에 오르면 새와 바람, 물이 만들어내는 아름다운 생명 주파수를 듣는다. 꽃들이 각기 파장이 다른 고유한 생명 주파수를 발하여 벌·나비들이 모여든다. 호수공원 메타세쿼이아 길을 산책하며, 피톤치드 주파수를 만끽한다. 5월이면 노래하는 분수대에서 밤하늘을 수놓는 분수와 조명에 따라 노래가 울려 퍼질 게다. 그 또한 주파수가 만드는 마법이 아니겠는가.

귀가하는데 난데없는 이명 소리가 난다. 엄마 탯줄로 물려받은 새 생명 울음소리, 그 주파수가 아니다. 발길을 멈추고 변질된 주파수를 생명 주파수에 맞춘다.

2019년 4월

글과 함께 늙어 가기를

호수공원 꽃박람회 기간에 시화전을 개최하니 참가하라는 고양문협의 전갈이 왔다. 올 2월에 가입했는데 시화전이 열린다니 솔깃했다. 하지만 나는 시인이 아닌 수필가로 입회했고, 시를 써 본 지 오래, 그것도 중학교 문예반 시절이었으니 망설일 수밖에 없었다.

쑥스럽지만 오랜만에 호수공원 월파정을 배경으로 시를 써보았다.

호湖를 사랑한다

호수 공원 월파정에 오르니
달은 심학산에 걸터앉아 달빛을 거두어들이고
덕양산 봉우리 검붉은 구름이 하늘을 연다.
아! 여명이다.

붉은 태양이 솟구치자
비호같이 능선을 타고 내려오는 그림자를 뒤따라
햇살은 애수교 아래로 돗자리를 펴며 달려오니

물안개는 머리를 풀며 피어오른다.
기러기가 태양을 향해 날개 짓고
수목들이 기지개를 펴자 새벽이슬이 또르륵 떨어진다.
새벽 고요 속에 호湖 사랑이 잉태하는 순간이다.

미관광장에서 음식축제가 열리는 기간, 나무 사이사이에 회원들의 시화 현수막을 걸고 시화전을 개시했다. 처음 참가하는 행사라 관람객들의 반응이 궁금했다. 벌과 나비를 기다리는 꽃의 간절한 심정이었다.

오가는 사람들이 현수막 앞에서 발길이 멈추면 얼굴과 눈길을 본다. 마치 가슴 조이며 떨리는 새가슴이다. 해가 뉘엿뉘엿할 때, 노부부가 나무 앞 벤치에 지팡이를 놓고, 월파정 그림과 시를 바라본다. "할멈. 잘 안 보이니 어서 가까이 가 읽어봐."라고 하신다. 월파정에 오르지 못한 분이다.

할머니가 주저하시니 얼른 다가가 "소생이 읽겠습니다."라며 시를 낭송하고 월파정, 심학산, 애수교, 행주산의 이명異名인 덕양산에 대하여 설명을 했다. 다시 한 번 읊어달라 요청하시기에 눈을 지그시 감은 노부부 앞에서 시를 읊고, 시화집을 드리며 소생이 이 시 작자라고 하니 "운수 좋은 날이다."라며 연신 고마워하셨다.

고마운 사람은 바로 나인데⋯. 인사를 하며 한 손에는 지팡이를, 다른 손은 상대방 손을 꼭 잡고 가시는 노부부의 그림자는 떨어지지 않고 다정하게 길게 드리웠다. 해가 져도 노부부 그림자는 가슴에서 지워지질 않았다.

행주산 역사공원에서 2차 시화전이 열릴 때 어머니께서 사랑하셨던 죽단화를 만나, 수필 한 편에 그리움을 채웠다. 시화전에서 느껴보지 못한 인생 여로를 보았다. 또 다른 세계였다.

서예실에서 격년마다 인사동 백악미술관에서 회원전을 연다. 올해 9회를 맞는다. 한글, 한문, 그림, 서각 등을 회원들이 2년간 갈고닦은 솜씨를 전시한다.

이번에는 윤동주 서시序詩를 번역한 한시漢詩와 김구 선생이 좋아하셨던 '답설야중거踏雪野中去'를 출품했다.

번역은 제2창작으로 번역에 따라 의미가 사뭇 달라지는데, 심재기 선생의 서시 번역은 그야말로 한 점 부끄럼 없는 명역으로, 마음이 내켜 썼다. 초서草書이기에 작품 옆에 설명서 명제가 붙어 있지만 관람객이 알아볼 수 있을지 걱정되었다.

전시관 당번 서던 날. 묘령의 여자분이 전시관을 둘러본 후 내 작품 앞에 돌아와 자리를 뜨지 않는다. 무더위에 산이나 바다를 찾지 않고 전시관에 와주어 너무 고마웠다. 다가가서 내가 필자라 하며 서법과 문장, 서체에 대해 설명하고, 시를 읊고 해설했다. 답설야중거를 다시 한 번 부탁하기에 호란행胡亂行을 힘주어 설명했다.

踏雪夜中去답설야중거　눈이 내린 들판을 걸어 갈 때
不須胡亂行불수호란행　모름지기 함부로 어지럽게 가지마라

今日我行跡금일아행적　오늘 내가 간 발자취가
遂作後人程수작후인정　마침내 뒷사람들의 이정표가 되느니라.

　증정한 도록을 소중히 품에 안고 돌아가는 뒷모습이 시화전에서
만났던 노부부의 뒷모습에 겹쳐진다. 시화전을 열어 내 마음을 담아
전하고, 서예전으로 귀감이 되는 글을 전하니 보람을 느꼈다. 하여
글과 함께 늙어가기를 내심 바랐다. 하지만 호란행胡亂行이라면?
　글과 함께 늙어가더라도 어지럽게 걸어간다면 무슨 소용이 있겠
는가! 차라리 대교약졸(大巧若拙: 위대한 기교는 졸열함과 같다.)을 거울
삼아 다시 초심으로 돌아가 글과 함께 늙어가야겠다.

2019년 〈고양문학〉 제52호

대기의 난입자

내일이 경칩. 봄이 15일 정도 빨리 온다 하니, 해 뜰 무렵에 봄이 오는 소리를 들을 겸 호수공원으로 나섰다. 나무에 싹을 피우려 올라가는 물소리도 들어야겠다. 메타세쿼이아 길을 지나 자작나무 앞에 섰다. 우수가 지나면 곡우물을 채취할 자작나무에 귀를 대고 들으면 신비스러운 소리가 들렸다. 한데 숨을 멈추고 귀를 기울여도 들리는 소리가 없다.

돌아서는데 "할아버지. 숨이 막혀 죽겠어요."라고 새순들이 아우성을 친다. "지난밤 달님과 별님을 못 보았는데, 새벽에 눈을 뜨니 눈이 매워요. 누가 연막탄을 터트렸는가 봐요." 나뭇가지들은 마치 아토피에 걸린 듯한 모습이다.

머지않아 호수 공원에 울려 퍼질 대자연 합창곡을 위해 미리 눈을 떴다가 봉변을 당했다. 봄소식을 전하려 곧 피어날 개나리·진달래는 어떻게 될까. 마스크를 벗으니 코가 매캐하고 숨이 막힌다. 동트는 행주산성은 윤곽도 보이지 않고, 머리를 풀어 헤친 물안개는 음산하기만 하다.

이런 사정도 모르고, 자연 호수에서 서식하는 개구리는 깨어날 꿈을 꾸고 있다. 어서 봄비라도 흠뻑 내려 미세먼지를 씻어주면 좋겠다.

새소리가 안 들려 까치집을 쳐다보니 까치 한 마리가 들락거린다. 새끼들의 끼니를 구하려 나간 아빠가 여태껏 돌아오지 않아 안절부절못하는 모습이다. 마중하러 나가야겠는데 시야가 안 보이니 엄두를 못 낸다. 까치집에서 새끼를 품고 밤을 지새운 엄마 까치는 목이 잠겨 "꺽~꺽' 제소리를 못 낸다.

이맘때면 철새나 기러기들이 편대 비행을 하며 날아가는데, 김포공항에 이착륙하는 비행기 불빛만 보인다. 상록수에 맺힌 아침이슬은 영롱하기는커녕 폐수 방울 같으니 만질 수도 마실 수도 없다. 이 재앙은 어디서 온 걸까?

초원이 사라진 사막에서 자연 재앙으로 발생하는 황사는 그나마 견딜 만하다. 그러나 화석 연료가 연소할 때 배출한 가스가 건설 현장에서 발생한 분진으로 이루어진 미세먼지에 혼합, 2차 반응을 일으키면 초미세먼지, 발암물질이 된다니 큰일이다. 스모그나 미세먼지야말로 인간 재앙이 아닌가.

어제 외출할 때 마스크를 깜빡했다가 귀가한 지 하루가 지났는데도 코 안이 얼얼하다. '대기의 난입자'는 하늘을 잿빛으로 물들이고, 애꿎게 온누리 생명체들이 죽음의 공기를 마시게 한다. 이러니 아이를 키우는 부모 속은 타들어 간다. 활기가 넘쳐야 할 유치원 마당이나 학교 운동장은 썰렁하다. 어제가 '사상 최악 세계 최악 미세 먼지, 국민 모두가 우울증에 걸릴 것 같다'는 보도가 나온다. 닷새 연속 미세먼지 재난사태로 치닫고 있다.

2년 전 대선 때, "미세먼지 30% 절감으로 푸른 나라를 만들겠다."라고 호언장담하여 기대했는데 어이하면 좋을까. 본질은 외면한 채 형식적인 대책만 내놓으니 사실상 '대기의 난입자'를 방관하고 있다. '미세먼지 매우 나쁨, 노약자 외출 자제' 빨간 안전 메시지만을 날린다.

추운 겨울을 지낸 나무들이 몸을 추슬러 싹을 틔우려 했다가 곤욕을 치른다. 어디 피할 수가 없으니 이 몹쓸 물질을 배출한 사람들이 야속하다. 하늘 쳐다보며 비 오거나 바람 불기 만을 기다린다.

서해안에 밀집한 화력발전소가 쉬지 않고 연기를 내뿜는다. 굴뚝도 고달프고 지겹단다. 이산화탄소 온실가스는 2016년을 원점으로 매년 증가 추세로 기후 조약을 지키지 못하고 있다. 저 멀리 만년설이 사라지는 '킬리만자로'에서 울부짖는 표범의 눈물을 보라며 굴뚝은 호통을 친다. 환경론자들은 어디로 갔느냐.

미세먼지는 억울하다. "굴뚝 없는 원전 발전 같은 본질을 처방하면 나는 사라질 것이다. 원전 1기의 전력 생산량은 석탄발전소 5대와 맞먹는데, 석탄발전소를 가동하며 나를 '대기의 난입자'로 몰아붙이니 말이 되느냐 탈원전을 탈탄 발전으로 바꿔야지!"라고 항변한다.

태양광발전을 아무 준비 없이 추진하여 핵심 부품은 모두 중국산이니 국내 기업은 도산·폐업될 지경이다.

대규모 태양광 발전은 청정 지역이 아니면 해결해야 할 문제점을 안고 있다. 미세먼지가 집광판을 오염시켜 효율이 저하되니, 그 오염 세척수가 토양을 2차 오염시킨다. 태양광 전력은 대체에너지가 될 수 있어도, 눈·비·구름 낀 날이나 밤이면 예비전력이 될 수 없다. 불확실한 간헐적 전력일 뿐, 또 다른 예비 전력망이 필요한 것이다.

초정밀 반도체 기업은 미세먼지 정화로 초비상이다. 질 좋은 전기를 안정적으로 공급해온 나라인데, 탈원전으로 전기 끊길까 염려되어 자구책으로 기업마다 자체 발전소를 짓는 나라가 안 되길 바랄 뿐이다. 희망사항으로 끝날 일이 아니다.

산천초목이 신음한다. 20년 후에는 고갈될 화석 연료로 발전하는 발전소를 지양하고, 화석 연료 차량을 전기 자동차로 대체하는 전력을 원전 발전소로 해결하는 등 본질적인 발생원 관리를 한다면 '대기의 난입자' 미세먼지는 스스로 물러날 것이다. 지과필개知過必改란 무엇인가, 고집을 부리다 일자리 창출은 물론 국가에너지 근간이 무너질 위태로움이 다가옴을 느낀다.

어젯밤, '탈원전을 바라보는 두 시선'이 방영되었다. 움츠렸던 가슴이 열린다. 어서 공론화가 이루어져 문제 해결의 실마리를 찾기 바란다. 꼭 그렇게 되기를 희망한다.

어서 봄비가 내리고 바람이 불어, 화창한 날씨로 봄을 맞이했으면 좋겠다. 대기의 난입자가 사라진 봄다운 봄날. 달래·냉이를 캐며, 잔잔히 핀 들꽃을 바라볼 날을 기다린다.　　　　　　2019년 3월

개 팔자 상팔자

무술년戊戌年 개띠 해가 저물어간다. 운수 좋은 황금 개띠 해라서 기대를 걸었는데 올여름 폭염으로 개마저 코에 땀을 흘리며 기진맥진했다. 작년은 붉은 닭띠 해라고 들뜬 가슴으로 새해를 맞았는데 미세먼지와 더불어 한해 내내 나라가 시끄러웠다. 무너질 줄 알지만 신년이 황금돼지 기해년己亥年이라서 다시 기대를 건다.

마침 지난밤 자욱 눈이 내렸기에 호수공원 메타세쿼이아 길을 걸었다. 눈을 쓴 흙길을 걸으니 발바닥 감촉이 좋다. 한 해 동안 초록과 단풍을 뽐내던 초목들이 눈으로 앙상한 모습을 감추고 햇볕을 즐긴다. 피톤치드는 없지만 상쾌한 산책이다.

노인이 큼직한 개와 함께 걷는다. 목줄을 잡고 걸으니 주위를 살필 여유도 없고, 개만 따라가니 개가 노인을 견인하는 견노견 격이다. 아마 할머니를 보내시고 무료하여 개와 동행한 것 같다.

메타세쿼이아 길을 벗어나면 보행로와 자전거로가 나란히 간다.

자전거 전용로를 젊은이들이 신나게 달린다. 자전거로 마음껏 달려보고 싶지만 중심을 못 잡고 어지러워 "옛날에는 잘 탔는데…" 구경하며 걷는다.

젊은이들이 개를 데리고 산책한다. 개를 한 마리만 아니고 두세 마리를 데리고 온 젊은이들이다. 개를 비켜 가면 또 개들이 걷고, 큰 개들은 입마개를 해야 하는데 그렇지 않으니 사람들이 걷기가 불편하다. 개 전용로를 만들던지 개들이 눈밭을 마음대로 뛰어다닐 공간이 절실한 상황이다. 호숫가 벤치 주위에 개와 동행한 젊은이들이 모여, 개 문안을 드리고 개 사랑과 개 조끼 자랑을 한다. 행복한 웃음소리가 호수면으로 번진다. 아마 반려견 동호인인 듯싶다.

귀여운 반려견들이 서로 장난을 친다. 개 엄마가 떡을 먹으니 개도 개떡을 먹으며 꼬리를 친다. 조끼를 입은 개들이 엄마, 아빠를 쳐다보며 끼리끼리 애무하고, 용맹을 뽐낸다. 이리 뛰고 저리 뛰고 꼬리를 물다가 급기야는 싸움이 일어났다.

큰 개가 사나운 개로 돌변하여 어린 개를 물었다. 개들 간에 예의범절이 없다보니 삽시간에 일어난 일이다. 엄마 아빠가 피를 흘리는 개를 안고 동물병원으로 황망히 달려간다. 개 보험을 들었을 테니 걱정은 없으나 화려한 외출이었는데 낭자한 핏자국을 보니 안타까웠다.

혹 노인들이 외로워 애완견이나 반려견으로 개를 키우지만, 혼기를 놓친 젊은이들이 반려견으로 개를 키운다. 아침이면 공원에서 조끼를 입은 개와 함께 뛰며 운동을 한다. 결혼을 미룬 젊은이들이 키우는 개들이 파죽지세로 늘어나 천만 시대를 돌파, 줄어드는 인구를 메우고 남는다.

동네 동물병원들이 하나 둘 늘어나고, 동물 목욕탕도 생기며, 애완견 마트엔 수입한 사료가 비싸더라도 불티나게 팔린다. 어쩔 수 없이 집을 비울 때면 개를 탁견소, 아니 전용 호텔에 맡긴다. 이쯤 되면 '개 팔자는 상팔자.'이다.

젊은이들이 왜 반려견을 키울까? 일자리가 없고 치솟는 집값으로 결혼은 꿈도 못 꾼다. 설령 결혼하더라도 양육, 교육비 때문에 출산을 미루고 개를 키우며 애지중지한다. 아기를 낳지 않으니 아기들 웃음, 울음소리를 듣기 어렵다. 이러다간 고스란히 대한민국이 늙어가 점점 고사화 되어 가는 게 아닌가.

산부인과 · 소아과 병원이 줄어들고, 폐교하는 초등학교가 늘어나며, 문구점이며 어린이 옷가게가 문을 닫는다. 어린이 경제가 무너지니 나라가 흔들린다. 현안 문제로 가장 최우선해야 할 국정 과제가 저 출산 대책이 아닌가 싶다. 어디서부터 잘못되었는지 근본부터 획기적 해법으로 풀어야 할 과제다.

노총각 · 노처녀 구제에 나섰던 정조 임금. 가난하여 결혼을 못 한 300명이 넘는 그들을 위해 국고를 열고, 아름다운 인연을 맺어준 혼인 프로젝트야말로 백성을 사랑한 징표다. 정조 임금님처럼 나서야 하지 않겠는가?

지구상의 수많은 동물 중 인간과 가장 밀접한 관계를 맺으며 살아온 개다. 청각·후각이 발달되어 지진과 태풍, 쓰나미와 산불화재, 눈사태 등 재난 시에 극한 상황 속에서 기적같이 살아남아 사람을 구한 사례는 허다하다. 이를 일러 개를 충견忠犬이라 부르니 사람보다 낫다.

이따금 개를 의인화하여 견공犬公이라며 융숭하게 대접한다. 아예 상전 모시듯 한다. 어쩌면 '개보다 못한' 행동을 저지르는 일이 점점 많아지는 현실 속에 살고 있어 그런지도 모른다.

올여름 폭염을 피하려 펀치 볼 제4땅굴을 찾았다. 땅굴 속에서 피서를 하고 홍보관 앞에 나오니 '헌터' 군견 동상이 의젓하게 서있었다. 제4땅굴 추적 과정에서 북한이 설치한 지뢰를 밟아 산화함으로써 1개 분대원의 목숨을 살렸기에 소위로 추서하고 동상을 세워 그 공로를 기리고 있다.

어릴 적 우리 집 개는 진돗개였다. 멀리서 오는 식구들 발자국 소리를 알아듣고 반가워 끙끙댔다. 밭에 간 사이에 전화가 오면 달려와 옷자락을 끌었다. 오밤중에 시키지도 않았는데 집을 한 바퀴 도니 일등 파수꾼이다. 진돗개는 남에게 정을 주지 않는 불사이군(不事二君: 두 임금을 삼기지 않음)이다.

동물 병원에 치료를 받으러 간 개들이 궁금하다. 치료를 받고, 죽쑤어 먹여 곧 쾌유될 텐데 괜한 걱정이 내 팔자다. 개는 개일 뿐인

데, 개 팔자가 상팔자라 한다. 아니 내 팔자가 어떤데 개 팔자가 상
팔자란 말인가!

2019년 3월

우리나라 좋은 나라

새나라의 어린이는 일찍 일어납니다.
잠꾸러기 없는 나라 우리나라 좋은 나라
새나라의 어린이는 서로 서로 돕습니다.
욕심쟁이 없는 나라 우리나라 좋은 나라
새나라의 어린이는 거짓말을 안 합니다.
서로 믿고 사는 나라 우리나라 좋은 나라.

어린이들이 서로 손을 잡고 씩씩하게 노래하며 간다. 옛적에 불렀던 동요다. 거짓말을 안 하며, 서로 믿고 사는 나라를 진정 저 어린이들에게 물려주어야 할 텐데 생각하며 서실로 발길을 옮겼다.

천자문 마지막 문장 1)고루과문 우몽등초孤陋寡聞 愚蒙等誚가 내 마음을 흔든다. 지금까지 이런 적은 없었다. 자기 홀로 이룬 비좁은 견해로는 남의 비방을 면치 못할 것이니 좁은 식견을 떠나서 겸허하게

---

1) 孤陋寡聞 愚蒙等誚고루과문 우몽등초 : 외롭고 속이 좁아서 듣기를 적게하면 어리석고 몽매한 자와 같아서 남의 비방을 듣기 마련이다. 예기禮記) 학기學記 편에 나온다.

남의 의견을 들을 뿐 아니라, 하늘의 소리에도 귀를 기울이고 항상 상대방에게 배운다는 자세를 가져야 함을 일깨워주는 문구다.

나라 정치에 관여하는 자는 학식과 견문을 넓히도록 풍부한 정치적 식견을 함양하여 안으로 만백성의 안락을 보살피고 밖으로는 국위를 선양해야 국민과 역사의 꾸지람을 면하게 된다는 것은 만고의 진리다.

서실에 입문한지 8년차에 '초대작가 증서'를 받게 되었다. 모난 마음을 갈고 닦으며 묵열墨悦을 느끼려 애를 썼지만 경지에 오르려면 한참 멀었는데, 막상 초대작가가 된다니 쑥스럽기만 했다.

광화문 KT 회관에서 수여식을 마치고 광장으로 나오니 40여 명이 모여 앉아 구호를 외친다. "김정은 수령은 존경스럽고 통 큰 지도자, 민족의 위대한 영웅이다. 우리는 하나니 온 국민의 뜻으로 김정은 방한을 열렬히 환영하자!"를 반복하다, 이어 한반도 기를 흔들며 '임을 위한 행진곡'을 합창했다. 어찌하여 이런 일이 서울 한 복판에서 벌어진단 말인가?

좀 떨어진 곳에 중년을 넘긴 한 분이 피켓을 들고 1인 침묵시위를 하고 있었다. 피켓에 "너의 부모와 할아버지들이 어떻게 이 나라를 지켜왔는지 아느냐?

"김정은 농간에 놀아나지 말고, 제발 선동하지마라."라고 썼다. 지켜보던 분이 "고모부를 화염 방사기로 처형하고, 친형을 독살시킨 놈이 무슨 존경스러운 영웅이야." 혀를 차니, 다른 분이 "저렇게 해야 청와대에 입성하니 세상 많이 변했다. 북한을 좋아하는 좌파들이 모여 대통령을 보좌해서 그런지 청와대 형태나 통치 방식이 점점 북한을 닮아 간다."며 세종대왕과 이순신 장군 동상을 바라본다. 태극기 집회에 다녀온 분 같았다.

하여튼 난생 처음 보는 볼거리다. 저 젊은이들도 '새나라의 어린이'를 불렀던 천진난만한 얼굴이었다. 표현의 자유가 있어서 그런지 자유민주주의 국가가 인민 민주주의로 바뀌어 가는 건가 하는 착각이 들 정도다. 진실과 진리를 모른 채 자유민주주의를 부정했다가 깨닫고, 인민민주주의를 부정하면 강한 자유민주주의 신봉자가 될 거라 믿으며 버스정류장으로 향했다.

버스 정보 전광판은 시시각각으로 버스 도착 시간을 알려준다. 버스가 중앙차선으로 달려 정체 없이 집에 도착하니, 인터넷으로 주문한 '한국사람 만들기' 책이 택배 회사 메시지대로 집에 배달되어 나를 기다리고 있었다. 이만하면 우리나라는 물류, IT 강국인 좋은 나라다.

20년 전, 간 이식 수술을 해 지금 완쾌된 친구의 전화다. 내일 삼성서울병원에서 '새 생명 20주년 기념패'를 받으러 KTX로 상경한단다. 지금쯤 기념패를 받고 귀가했겠지 싶어 축하 전화를 걸었는데 받지 않는다. 때마침 강릉행 기차가 탈선했다는 TV 뉴스다. 시속 200km로 달리는 KTX가 아닌가. 다행히 인명 피해는 없다는데 안도했다.

며칠 지나 기념패를 빌미로 친구들이 모였다. 건배를 하며 그간 삶에 대한 애착을 공감했다. 친구는 하늘이 내려준 천성天性을 고이 간직해 왔으니 다시 태어난 듯싶다. 축하 후 자연스레 '태양王·고용 王…대학 100곳에 붙은 文정부 풍자 대자보' 신문보도를 안주삼는다. 현 정부 주요 정책을 반어법으로 신랄하게 풍자한 내용이다. 일국의 대통령을 이렇게 폄하해도 된단 말인가. 옛날 같으면 대통령 모독죄인데 당당히 의사를 밝힐 수 있으니, 우리나라는 참 좋은 나라인가 보다.

고속도로 휴게소 화장실에 들르니 음악이 흐르고, 용변기 사용 현황을 표시하는 전광판을 따라 직행하고, 화장실 세면대에 온수가 나와 손을 녹일 수 있으며, 식당 내부로 들어가면 찬물 뜨거운 물을 마음껏 마실 수 있으니 이만하면 우리나라 좋은 나라가 아닌가.

하늘이 미세먼지로 회색이다. 탈원전 반대 및 신한울 3·4호기 건설 재개 서명을 하려 서울역에 가려는데 미세먼지 경보 문자가 날아와 창밖만 바라보며 길을 나섰다. 아픔을 딛고 일어나는 역동의 대한민국이 아닌가! '우리나라 좋은 나라'를 어린이들에게 물려주고자, 발걸음에 힘을 준다.

2018년 12월 25일

어르신의 평준화

해가 지날수록 허심탄회하게 마음껏 얘기할 수 있는 자리가 자꾸 줄어든다. 그래도 동창 모임에 나가면 늘그막에 외로움을 날릴 수 있다. 철부지 없는 초등학교 시절을 얘기할 때는 친구의 기억력에 탄복한다.

그중에도 혈기 왕성한 고교 시절은 파란만장한 얘깃거리가 수두룩하다. 누구나 그러하듯이 군軍 시절 다음으로 고교 시절 화제는 무궁무진하다. 여자들만 수다를 떠는 것이 아니다. 술이 과하면 자아도취가 되고, 혀가 꼬부라져 떠드는 소리는 남들이 도저히 알아듣지 못하지만 서로 맞장구를 치며 날 샐 줄 모른다.

청운의 꿈을 안고 고교에 입학하자 선배들의 차출로 자의 반 타의 반 '아파치'라는 동아리에 가입했다. 토요일 달밤, 솔밭에 모여 태권도 도장에 다니는 선배들의 지도로 호신술을 수련했다. 우리는 의기투합하여 문무를 겸한 건아가 되자고 결속을 다짐했다.

그 동아리들은 일요일이면 학교 도서관에서 도시락을 나누어 먹고, 서로 묻고 답하며 상향평준화가 되도록 공부했다. 그 악바리 공부 벌레들은 자기가 원하는 대학에 진학하여 훗날 산업, 법조, 금융, 교육 및 예술계로 진출, 열정적으로 자기 소임을 다했다.

그 벗들은 모교 후배들이 명문 대학에 많이 진학하자 명문교 선배라는 자부심으로 지내왔는데 고교 평준화 후 형편없이 추락함을 보고 가슴을 친다. 어쩌다 후배들이 출전하는 야구 경기가 있을 때는 운동장을 찾아 부활의 교가를 부르며 목청을 높인다. 다들 코치가 되고 감독이 되어 희비의 평준화를 누린다.

이렇게 추억은 우리에게 아름다운 평준화를 안겨준다. 장수하신 친구의 부모 문상 때는 서로의 응어리를 푸니 마음의 평준화가 이루어진다. 학벌, 집안, 빈부의 차도 모두 사그러진다. 자존심을 술 한 잔에 헹구며 과거의 잘못을 용서해 주는 미덕의 평준화를 이룬다. 알고 보면 다 자신을 위한 평준화의 길이다.

자고로 위정자들은 세상의 평준화를 이루고자 했다. 하나 신라는 골품제도의 병폐로 망했고, 신분제도가 없었던 고려는 황실의 무능과 부패로 무너졌다. 역성易姓 혁명으로 개국한 조선은 왕도정치를 강화하려 했으나 사대부 신분사회가 그들만의 평준화를 이루고, 백성들의 삶의 평준화를 앗아갔다.

세종 임금께서 한글을 창제하여 문맹타파와 삶의 평준화를 아루고자 하였으나, 유림들에게만 선비정신이 흘렀을 뿐, 결국 사화와

쇄국정책으로 개화의 시기를 놓치고 일본의 식민지가 되어 지금까지 남북 분단의 비극을 겪고 있다.

일관된 생산 공정은 생산량을 고려해 각 공정의 설비 생산능력을 동일하게 설계한다. 만약 한 공정의 생산능력이 독자적으로 개발되어 그곳 제품이 쏟아져 나온다면 다음 공정이 소화하지 못해, 제품의 체화 현상으로 오히려 역효가 난다. 각 공정을 동시에 개발하여 동반 상향평준화를 이루어야 최고의 효율과 이익을 낼 수 있다. 바보스러운 하향평준화는 없어야 하는데, 요즈음 다 같이 못 사는 평준화가 될까 봐 조바심이 난다.

한데 그 하향평준화가 나에게 우리에게 다가오고 있다. 세월 따라 찾아온 무기력한 평준화다. 만나면 기억력 감퇴와 건망증 등 섬뜩한 치매 전조증 얘기는 피할 수 없고, 백내장 수술, 임플란트 착공, 보청기 착용 등 건강을 지키기 위해 분투하는 얘기가 자연스럽다.

많이 배운 자라도 젊은이들이 주고받는 이상야릇한 문구를 알아들을 수 없다. 요즘 세대 문화, 문명 앞에서는 속수무책이다. 소화능력이 떨어져 비싼 음식을 사양하니 먹을거리도 씀씀이도 평준화를 이룬다. 선후배가 같이 늙어가니 반백斑白의 평준화가 된다.

노인이 아니라 어르신이 되라고 한다. 맞는 말이다. 기억력 감퇴는 메모하는 습관을 기르고, 남의 말 엿듣지 말고, 굳이 죄다 보려 하지 않는 아량을 길러야 무기력한 하향평준화를 역전시킬 수 있다.

멈춘 꿈을 깨어나게 해야 한다. 김형석 박사의 '백세를 살고 보니' 강의를 들으니 부끄럽기 짝이 없다. 그날 백수의 모임에서 "노인의 절약은 죄악이다."라고 누가 말하자 "옳소."라고 同心으로 화답한다. 모처럼 물질이든 마음이든 베풂에 모두 상향평준화가 되어 기분이 좋았다.

고전 읽기, 무리하지 않는 운동, 봉사 활동, 조그만 일거리라도 찾아 실천한다면 그 보람이 기쁨과 행복을 안겨 줄 것이다. 언제나 온화한 얼굴로 고집을 내려놓고, 매사 감사하며 함께 상대방을 배려해 함께 웃는 길로 나간다면 '어르신의 평준화' 길이 되지 않겠는가.

뭐니 뭐니 해도 마음의 평준화가 되어, 즐겁게 사는 것이 인생 말년의 최고 덕목이라는 데는 이의가 없다. 모처럼 기분 좋은 모임을 마치고 엘리베이터를 타려는데 노인정에 다녀오시는 할머니가 "아저씨. 기다려 주셔서 고마워요."라고 하신다. 아저씨라는 호칭을 들으니 더없이 기분 좋은 날이다.

2019년 4월

눈도장을 찍는다

아침에 일어나면 일상의 시작으로 눈도장 찍으러 간다. 옥상 문을 열고 회양목을 대한다. 외측 벽 회양목 화단과 환풍기를 둘러싼 영산홍 화단 사이에서 맨손 체조를 하고, 옥상 정원을 한 바퀴 돌다 보니 건물과 증권예탁원 사이를 정원으로 꾸미고 있다.

제자리에 돌아오니 영산홍 군락 세 군데서 회양목이 영산홍을 비집고 고개를 내밀며 "나 여기로 시집왔소."라고 한다. 누가 중매를 섰는지 모르지만 하필 앞 동네 영산홍 군락으로 출가했단 말인가. 영산홍 꽃이 필 때 화려한 자태를 뽐내 부러웠던 모양이다. 사람들이 심을 수 없는 곳에 씨를 내려, 영산홍 틈바구니 속에서 자수성가했으니 대견스럽다. 어둠 속에서 꽃을 피울 엄두도 못 내고 오직 하늘을 보려는 염원으로 자란 회양목이다.

영산홍이 꽃을 피우느라 지쳤지만 얽히고 설킨 가지를 열어 주어 회양목이 바깥세상에 모습을 드러냈다. 이제 영산홍 꽃은 떨어졌고

잎들은 윤기가 없는데 회양목이 싱싱한 연두색 잎으로 감싸주니 상생의 나무들이다. 마주한 회양목 군락들은 품위를 잃지 않고 5월 햇볕에 열매가 익어가고 있다.

나들이 다녀오다 새로 꾸미는 정원을 살펴보니 지금까지 공간을 지켜온 회화나무와 소나무를 그대로 보존하고 보도블록을 걷어낸 자리에 화단을 조성하고 벤치를 설치했다. 게다가 영산홍과 회양목을 마주하여 군데군데 심고 화초들과 어울리게 했다. 관리사무소에 들러 회양목 덕분에 늘 푸른 녹색 정원이 되겠다고 하니 고마워했다.

북한에서는 회양목의 다른 이름(同木異名)인 '고양나무'를 천연기념물 제202호로 지정하여 보존하며, 고양시는 호수공원 한울광장의 나무 둘레와 화단에 고양나무를 울타리로 심어 단장했다. 새로 꾸미는 정원 회양목도 사철 푸를 테니 정작 고마워할 사람은 바로 내가 아닌가.

회양목은 나와 인연이 있는 나무다. 가난한 시절, 아버님께서 산에 조림이나 밭가에 유실수를, 어머님은 아들을 낳으실 때마다 이팝나무, 모란, 측백, 죽단화를 차례대로 심으셨다. 내가 태어나자 나무 둘레와 앞집 사이 화단에 회양목을 심어 울타리로 삼았다. 며칠 후 해방이 되었으니 어머니께서 해방 나무라 부르셨다. 회양목은 목판 활자로 사람을 깨우쳐주니, 가난하지만 나를 어떻든 가르쳐야겠다는 심정으로 회양목을 심으셨다.

어머니께서 물주며 가꾸시고 회양목이 화단을 보살핀다. 화초들이 꽃 피면 초가집이지만 꽃 대궐이다. 잡초 씨들이 날아와 화단에 자라면 잡초가 아니라 화초가 된다. 내버려 두면 화초인들 잡초가 되는데 거름 주고 물 주니 잡초도 화초가 된다. 그러니 개나 닭들이 범하여 배설물을 누지 않는다.

우리 집은 산바람을 맞는 터여서 꽃이 피면 그 향기가 널리 퍼져나가니 이내 벌 나비들이 찾아온다. 3~4월이면 회양목 잎겨드랑이나 가지 끝에 몰려 핀 연한 노란색 꽃이 너무 작아서 꿀이 없을 것 같은데, 향기를 맡고 찾아온 작은 벌들이 옮겨 다니며 꽃 수술에 머리를 박는 걸 보면 신기했다. 어린 마음에도 벌처럼 근면하면 굶지는 않겠다 싶었다.

벌들의 행차가 끝나면 이내 열매가 열린다. 처음에는 잎과 똑같은 보호색 초록이지만 점차 청회색을 띠며 암술대 세 개가 뿔같이 변하며 앙증맞은 열매가 된다. 그럴 때면 회양목 잎이 강렬한 햇볕을 가리어 주며 잘 영글도록 보호한다. 열매를 따서 마루에 놓으면 삼발이 화로 같기도 하고, 장독대에 놓으면 영락없는 새끼 항아리다. 열매가 야무지고 딴딴하여 손톱으로 찔러도 끄떡없다.

초록 열매가 5~6월에 갈색 열매가 된다. 7월경이면 열매가 벌어지며 씨방이 모습을 드러낸다. 씨방이 쌀겨 같은 껍데기를 벌리면 속에 수정水晶같은 까만 씨가 부엉이 눈 같다. 씨가 떨어져 나오면 열매는 조화 같은 꽃이 된다. 두 번 꽃이 피는 오묘한 나무니 어머님의 사랑을 받을 만하다.

화단에 심은 맨드라미, 구절초, 채송화가 잘 자라도록 회양목은 울타리로서 바람막이가 된다. 어머님께서 회양목을 가위로 이발하듯 전지를 하면 일 년 내내 그 모습을 유지하니 일손이 모자람을 헤아렸다. 딸을 낳기를 염원하며 봉선화를 심으시면 회양목은 밤을 지새우며 기도하여 봉선화는 붉게 피고, 여덟째 아홉째 두 딸이 태어났다. 회양목을 심고부터 집안의 일이 잘 풀렸다.

초가집이 비좁고 오래되어서 새 집을 짓느라 산자락에 회양목을 이식했다가 새집이 완공되자 다시 화단을 만들고 회양목을 옮겨 심을 만큼 어머님은 회양목을 끔찍이 돌봤다. 정월 대보름 저녁, 대나무와 함께 회양목을 태우면 부풀어 터지면서 회양목은 "꽝꽝" 대나무는 "탕탕" 쌍 폭죽으로 귀신을 쫓으며 집안을 수호하는 데 한몫을 한다.

뿐만 아니다. 웬만한 눈이 아니면 쓰러지지 않는다. 마당 눈을 화단 쪽으로 쳐서 쌓으면 회양목은 눈 속에서 자란다. 눈이 녹으면 반들반들한 잎으로 단장하여 봄을 맞으니 어머님 가슴속에는 회양목 사랑이 가득했다.

어머님께서 내가 첫 직장에 들어갔을 때 내 이름을 새긴 회양목 도장을 주셨다. 도장을 찍을 때마다 신중을 기하라고 당부하신 말씀을 되새기며 어머님 체온을 느낀다. 그러니 내 이름 석 자가 새겨진 도장은 어머님의 얼이요 나의 분신이며 가보 1호다. 이 나이에 어머님께서 나를 낳으시자 심고 기른 모정의 회양목 앞에서 눈도장을 찍을 수 있으니 감사하기 이를 데 없다.

2019년 〈산림문학〉 제35호

제3장
곰보 배추 시집가다

봄나물 삼총사

　부엌에서 달래와 쑥 냄새가 풍긴다. 아내가 달래무침과 쑥 된장국을 만들고 있다. 웬 달래에다 쑥이냐고 물었더니 어제 강화 마니산 부근에 친구가 살던 집에 들러 캐 왔단다. 오랜만에 맡아보는 봄 향기다.

　강화 장날이면 봄나물이 많이 나올 듯싶어 장날이 오기를 기다렸다. 한데 아내가 달래를 캐려고 빌린 호미를 어디다 놓았는지 찾다가 그냥 왔다면서, 날 보고 호미 찾으려 함께 갔으면 하는 눈치다. 호미도 찾고 달래와 쑥도 캐자고 하니 마침 잘되었다.

　토요일 아침 일찍 출발하여 한 시간 만에 목적지에 도착했다. 달래를 캤다는 밭을 보니 농사를 짓지 않아 넝쿨이 우거졌다. 아무리 주위를 살펴봐도 호미는 찾을 수 없었다. 잃어버렸으니 호미를 사다 드리자고 하며 봄나물을 찾기 시작했다. 4월 중순인데도 섬이라 그런지 쑥이 아직 여리다.

마니산이 보이는 양지바른 언덕에 달래가 군락을 이루었다. 그것도 방공호 같은 넝쿨 속에서 단군의 얼이 깃든 마니산을 바라보며, 곰이 먹어 웅녀가 되었던 전설의 환웅 달래(마늘은 고려 시대에 도입된 것으로 알려짐)다. 강화도를 지켜온 성스러운 달래가 아닌가. 달래 줄기가 실하고 뿌리는 새끼손가락만 하다. 굵은 것만 뽑아 쑥을 캐는 아내에게 갖다 주자 입이 떡 벌어지는 모습이 마치 웅녀 같다.

아내에게 봄나물 삼총사로 냉이, 달래, 두릅을 거론하니 쑥은 삼총사에 못 끼냐고 묻는다. 한평생 부엌살림하며 반찬을 만들어 온 사람인데 무슨 대답을 원하는지 알 수 없다. 하지만 봄나물 예찬론자로서 나물에 대한 소신을 굽힐 수 없다.

단군 이래로 배달겨레와 명을 같이한 천하의 쑥이지만 봄나물 삼총사 반열에 못 오른다. 쑥은 약 성분이 있어 반드시 끓이거나 쪄서 먹어야 한다. 삼총사처럼 찌개나 국으로선 어깨를 겨룬다 하여, 서운해 하는 웅녀의 마음을 가라앉혔다.

마침 장날이라 강화 풍물시장에 가니, 좌판에 봄나물이 가득이다. 그림의 떡이 아니다. 한 바퀴 돌아보니 강화도 나물들이 총집합한 것 같았다. 봄나물 삼총사며, 가죽나무 순, 돌미나리 등이 나의 눈을 매혹시키며 손을 잡아당긴다.

야산이나 노지에서 캔 것들이니 비닐하우스에서 재배한 것과는 비교할 수 없다. 제철에 만난 귀물들이다. 때를 놓치면 다음 해를 기다려야 하니, 우선 냉이, 두릅, 돌미나리와 가죽나무 순을 한 무더기씩 샀다. 쑥은 열흘 정도 지나야만 성수기일 것 같아, 날을 잡아 오기로 작정했다. 남들이 남정네가 무슨 장을 보냐고 하겠지만 좌판에 앉은 할머니들이 옛 어머님 같아 안 살 수 없다.

집에 와서 밭에서 캔 것과 장본 것을 손질하여 정찬을 준비한다. 늘 초라한 밥상이 자연 밥상으로 단장하니 입안에서 빨리 봄맛을 맛보고 싶다고 야단법석이다. 냉이 달래 된장찌개, 쑥 된장국, 두릅 데침, 돌미나리 무침이 차려지니 바다만 빠졌지 산들 진미다.

봄나물 삼총사 비빔밥! 셋 모두를 살짝 데치고 잘게 썰어 양념간장이나 고추장에 들기름을 가미하니 으뜸 산채비빔밥이다. 거기다 구운 소금으로 간을 한 나물은 절묘한 음식 궁합으로 향긋함은 말할 것도 없고, 먹고 나면 속이 편하고 소화가 잘 된다. 아내가 매년 봄이면 봄나물 삼총사 비빔밥을 마련하여 건강하게 오래 살자고 하니 웅녀가 환웅한테 하는 말인가? 코가 찡하다.

봄나물 삼총사는, 겨울나느라 신체 리듬이 흐트러진 몸의 면역력을 증강시키며, 춘곤증을 치유한다. 두릅 장아찌나 무침, 냉이 무침이나 달래 된장찌개의 고유한 냄새로 입맛을 돋우니 혓바닥과 침샘이 난리칠 만하다.

달래는 몸에 쌓인 염분을 밖으로 배출시키며 자양강장제로 효험이 있다. 이렇듯 봄나물 삼총사는 우리의 심신을 다스리고 새로운 몸으로 탄생시키니, 밥상과 입안에서 봄나물 혁명을 일으킨다 해도 과언이 아니다.

잃어버린 호미로 인해 며칠간 입안의 행복을 누리게 되었다. 다음 강화 장날이 기다려진다. 쑥도 사고, 호미를 사서 갖다 드려야겠다고 생각하니 벌써 쑥 향기가 코앞에 와 있다.

2019년 5월

달래 향기에 반하다

　밥상에 봄바람이 분다. 아내가 봄옷으로 갈아입고 나가더니 돌아올 때 달래를 사 왔다. 소박한 밥상에 달래 무침, 달래 된장찌개 냄새가 피어오른다.

　겨우내 밥상은 중국산이 점령하다시피 하였고, 어쩌다 푸른나물은 하우스 제품으로 고유한 향이 없어 맛을 모르고 먹었다. 값싼 열대 과일을 먹어서 그런지 아랫배가 싸늘하고 몸이 늘어졌는데, 모처럼 신토불이 봄나물, 달래 향기가 입속으로 들어가 위와 장을 거치며 군불을 땠는지 몸의 온기와 더불어 입맛이 돌아왔다. 달래는 서기瑞氣가 서린 서산瑞山의 달래였다.

　그날 꿈속에서 보았던 달래 향기를 그리며 서산 도비산島飛山으로 간다. 강화도 마니산처럼 섬이 나는 듯한 형상을 한, 신령스러운 산이다. 마니산 부근에서 달래를 캤듯이 당진에서 근무할 때 휴일에 달래를 캐러 도비산으로 갔다.

천수만을 지나 우측으로 도비산을 향해 가다 보면 부석면浮石面이 나온다. 온 밭이 마늘 아니면 생강 밭이다. 산자락으로 진입하면 좌우에 벚꽃이 만발하여 상춘객을 맞는다. 정상에 자리한 고즈넉한 천년사찰의 샘물을 마시고, 김삿갓의 빛바랜 시 현판을 읽으면 나도 인생의 방랑객이다.

이유야 알 수 없지만 사찰 주위와 산과 밭에 달래가 많았다. '서산달래'는 전국 판매 점유율이 70%를 웃돌고 '서산 육쪽마늘'과 '서산생강'은 유명세를 치르기에 부석사 주위 지천에 깔린 달래는 염두에 두지 않은 듯싶다. 하기야 스님들이 마늘을 섭취하지 않으니 달래는 거들떠보지 않을 게다. 종무실에서는 우리들은 먹지 않으니 마음대로 캐라 하셨다.

그 후 어느 봄날, 모처럼 고향에 계신 형님 내외분이 당진에 연고가 있는 사돈댁과 함께 오셨다. 휴일이라 동행하여 천수만과 간월도로 나들이를 나섰다. 천수만을 곡창지대로 이룬 현장을 살펴보고, 간월도를 바라보며 어리굴젓 반찬으로 별미를 즐겼다. 내친김에 도비산으로 가서 달래를 캐자고 하니 반신반의하셨다. 난데없는 달래를 한 자루 캐서 돌아가시며, 대관령 암반덕에 고랭지 냉이가 많지만 세상에 산에 이렇게 달래가 많은 줄 몰랐다고 하셨다.

늦가을에 재경 강릉사범 병설중학교 동창 모임에서 천수만 철새구경을 보러 다녀간 여자 동창들이 봄이 오자 내가 기거하는 아파트를 하루 전세 내고 싶다는 전갈이어서 흔쾌히 받아들였다. 내가 회

장으로 있는 기간에 수고를 많이 한 분들이어서 맛기행과 달래 사냥
의 즐거움을 안겨주고 싶었다.

　당진 버스터미널에서 만나 간월도 어리굴젓 돌솥밥 집으로 향했
다. 간장게장과 굴전, 돌솥밥에다 어리굴젓이니 그야말로 진수성찬
이어서 체면 불구하고 마파람에 게 눈 감추듯 식도락을 즐긴다. 넉
넉한 옷을 입어 괜찮다니 배 터져도 상관없는 모양이다. 다음에는
새조개를 먹으러 와야겠다고 한 술 더 뜬다.

　천수만을 지나 부석면 도비산에서 달래 사냥을 한다고 하니 또한
반신반의다. 도비산 입구부터 산자락에 달래가 있음을 보고 내려달
라고 애걸하니 달래에 환장을 한 분들을 진정시키느라 애를 먹었다.
주차장에 차를 댄 후 사찰 뒷산 너머 절에서 경작한 밭으로 안내했
다. 천수만 바다 냄새를 맡으며 자란 실한 달래가 많았다.

　밭에 있는 것만 해도 충분하니 순이 한 뼘 되는 것만 뽑지, 뱀이
있으니 산으로는 들어가지 말라고 으름장을 놓았다. 네 분이 흩어져
채취했다. 여기도 있고 저기도 있다며, 뽑아 흔드는 달래 뿌리는 목
탁소리를 들으며 자라서 그런지 그야말로 염주 알만 하다. 금세 자
루가 넘쳐 그만 되었다 싶었는데 주머니에서 장바구니를 빼낸다.
한데 두 분씩 없어지니 화장실 가는 줄로 믿었다.

　돌아오지 않아 주위를 살펴보니 산달래를 캐는 게 아닌가. 허겁지
겁 달려가 그만 캐라 하니 달래 군락을 가리킨다. 할 수 없이 넝쿨
을 들추며 달래를 캤다. 밭 가 머위를 채취하고 마지막으로 바위굴

앞으로 안내하여 읍揖 한 후 '환웅 달래'를 캐며 천기누설하지 말라고 당부했다.

머리에 가시가 박힌 줄도 모르고 마녀사냥하듯 캔 달래 보따리를 싣고 돌아오다 '생강 한과' 집에서 한과를 사니 덤으로 주는 게 배보다 배꼽이 크다. 달래 한과는 없느냐고 물으니 웃으시는 아주머니에게 달래를 드리려 하니 손사래 친다. 달래를 잘 달래어 손질하여 반찬으로 해 잡수시면 향기에 반할 거라니, 달래는 진정 농심農心의 분신이런가. 읍내에 들러 특산물 감태甘苔와 자연산 굴, 꼬막과 삼겹살 등장을 봤다.

아파트 주방에서 달래 파티가 시작되었다. 주인공은 달래 향기다. 달래를 만 감태. 머위에 삼겹살과 달래 쌈, 달래 꼬막무침, 자연산 굴과 달래 부침개, 달래 된장찌개 등 환상의 궁합이 어우러져 그 향기에 반했다.

하루를 묵고 버스에 오르는 분들이 마치 보따리장수다. 귀가해서 며느리, 딸들을 불러 모아 체험기를 들려주며 홀딱 반한 달래의 향기를 나누었을 것이다. 지금도 만나면 달래 추억만 한 것이 없다며 입에 침이 마르지 않는다.

달래는 환웅 이래 배달겨레와 더불어 금수강산을 지켜온 귀물貴物이다. 여느 나물이 닮으려 흉내를 내도 어림도 없다. 달래 향기에 반하니 소박한 밥상이 더욱 향기롭게 느껴진다.

2019년 5월

냉이의 은혜

만추에 접어들자 고랭지 채소 단지에서 형님의 전화다. 올봄에 서산 도비산에서 달래를 캐 가셨는데, 씨감자 수확이 끝나기 전에 냉이 캐러 오라 하시니 달래에 대한 보답을 주시려는가 싶었다. 한데 봄 냉이가 아닌 가을 냉이라니 의아할 수밖에 없다. 하여튼 무슨 좋은 일을 기대하며 토요일 아침 일행과 함께 일찍 출발했다.

횡계 수암리를 지나 비탈길 암반덕을 향했다. 보릿고개를 탈피하려 몸부림치던 시절, 온 국민의 섬유질 결핍을 해결한 고랭지 채소와 씨감자를 운반한 구비 길이니 감회가 어린다. 산마루에 오르니 멀리 고향의 바다가 포말을 일으킨다. 여기 오면 언제나 고향 냄새가 물씬 풍긴다.

농막에서 형님이 반긴다. 간단히 요기를 하고 곧장 냉이 채취에 나섰다. 여름 배추를 출하한 밭에 높새바람을 맞으며 실하게 자란 냉이가 지천이다. 두 시간 만에 자루가 가득 찼다. 내년 봄에 이 냉이들이 그대로 자란다니 다음을 기약하며 밭에서 나오다가 다래나무를 눈여겨봤다.

트렁크와 뒷좌석에 냉이 자루를 실으니 차 안이 냉이 향기로 가득하다. 다들 냉이 부자가 되었으니 콧노래를 부른다. 각자 집에 냉이를 풀어 놓았을 때의 정경을 생각만 해도 웃음이 절로 나온다. 집집마다 요리 가풍이 있으니 상관할 일은 아니고, 귀가하여 내 나름대로 오래 보관할 수 있도록 냉이를 말린 후 가루로 만드느라 부산을 떨었다.

주말에 집에 오면 으레 냉이 가루로 만든 요리가 구미를 당긴다. 된장찌개며 콩국과 나물 무침에서 냉이 향기가 입안을 풍요롭게 한다. 라면에 냉이 가루를 넣어 끓이면 천하의 '냉이 라면'으로 둔갑하니 냉이 예찬을 아니 할 수 없다.

갓 결혼하여 봄에 고향집을 찾았을 때, 시골이라 마땅한 반찬이 없으니 어머니께서 밭에서 캔 냉이를 잔 뿌리째로 씻어 콩갱이 국을 끓였다. 서울 출신인 아내는 지금도 그 은은한 향과 고소한 맛을 잊을 수 없다며 어머니를 그리워한다. 어머니로부터 전수받은 콩갱이 덕에 지금껏 건강 체질을 유지하니, 냉이로 맺어진 고부姑婦의 은덕이다.

냉이는 봄이 오는 길, 사람이 다니는 길이면 어디든지 따라다닌다. 씨가 신발이나 소 발, 달구지 바퀴에 도깨비바늘같이 묻어 퍼진다. 짓밟히더라도 감내하며 자라 곧은[直] 마음[心]을 행行하니, 나는 이를 일러 덕(德: 亻+直+心)이라 풀이 한다. 냉이는 민초들의 구휼 식품이며, 민방 약초가 되는 고마운 식물이다.

어렸을 때 불렀던 나생이가 냉이[乃耳: 내이]고, 콩갱이가 냉이 콩국이다. 나는 어렸을 때 약골이었기에 겨울 나면 콩갱이나 쌀 한 톨 들지 않은 냉이 콩죽을 먹었다. 콩국을 끓일 때 넘치지 않도록 주걱을 쉴 새 없이 저으며, 피어오르는 향긋함과 고소함을 마셨다.

냉이는 채소 중에서 가장 많은 단백질을 보유하고 있으며, 칼슘과 철분, 무기질도 풍부하다. 구운 천일염으로 간을 맞춘 냉이 요리는 뱃속을 고르게 하며, 오장을 다스려 소화가 잘 되고, 냉이 죽은 혈액순환을 좋게 하여 허약 체질을 개선시킨다. 콩나물 냉잇국, 무생채 냉잇국 진짓상을 드리는 손자며느리는 할아버지의 사랑을 듬뿍 받는다.

봄바람이 불자 전번 동행자들에게 고랭지 냉이 캐러 가자니 군말 없이 따라나선다. 암반덕 냉이는 농사짓기 전에 마음껏 캘 수 있다. 암반덕 산자락에 아직 잔설이 있다. 흙이 해동되면서 냉이가 파릇파릇 돋아나 우리를 반긴다. 열흘 지나 꽃이 피면 뿌리가 쇄 질기니 마침 잘 왔다면서.

곡괭이와 괭이를 메고 예의 그 밭으로 갔다. 깊게 파야 냉이 뿌리가 다치지 않는다. 조심스럽게 캔 냉이는 도라지뿌리 같았다. 횡재다! 얼음장 속에서 자란 뿌리가 이렇게 연하고 탐스럽다니 믿을 수 없다. 횡재다. 고랭지 개발 이전 월남하여 이곳에 정착한 화전민을 연명시켰던 구휼 식품이고 약재가 아닌가.

다래순이 눈짓을 한다. 다래나무 가지를 휘어 당기며 다래순을 채취했다. 다래 순 또한 냉이와 궁합을 이루는 짝이다.

작업을 끝내고, 멀리 동해가 보이는 해발 1,000미터 농막에서 옛날 어머니께서 하셨듯이 냉이를 씻어 다래순과 함께 살짝 데쳤다. 즉석에서 냉이 뿌리를 고추장을 발라 숯불에 굽고, 초장에 다래 순을 찍어 먹으니 기분이 날아간다. 환상적이다. 아! 향기로운 맛, 신선이 따로 없다. "고랭지 냉이 맛이 어때?" 물어보나 마나다. 귀가하여 담근 냉이 장아찌는 여름 내내 입맛을 살려주는 은혜를 베풀었다.

봄나물 삼총사 중에 냉이가 가장 먼저 태어나, 어떤 푸성귀와도 어울리는 음식 궁합 대명사지만 자기가 최고라고 하지 않는다. 오직 굶주린 민초들의 배를 불리고 아픈 이를 살피고자 하는 겸손한 존재다.

혹한의 겨울을 이겨내며 동토凍土 속에서 자란 냉이가 간을 도와 눈을 밝게 하니, 내가 살던 마을에 안경을 쓴 사람은 한 사람도 없었다.

순박한 시골의 향기! 냉이의 신세를 갚는 길은 조그마한 인덕이라도 베풀며 겸손하게 살아가는 게 사람의 도리인 듯싶다.

2019년 5월

두릅 예찬

봄나물을 주제로 봄나물 삼총사를 쓰기로 했다. 한데 봄나물 중에 삼총사를 뽑기도 어렵고, 뽑힌 삼총사 중에 누가 제일 으뜸인지 우열을 가리기도 힘들다. 어릴 적 '봄맞이 가자.' 동요는 달래, 냉이, 꽃다지를 불렀지만 봄나물 삼총사라고는 하지 않았다. 나름대로 공정한 기준에 의하여 선정해야만 했다.

우리 민족에 대한 기여도, 영양가, 맛과 향, 요리 다양성, 약리성 등을 고려해 점수를 매겼다. 굶주림이나 질병에 허덕일 때 기근饑饉 해결에 얼마나 도움을 준 여부다. 곡물이 떨어진 것을 기饑라고 하면, 곡물을 대신할 풀뿌리나 약초가 없는 것을 근饉이라 하니, 기여도는 삼총사의 막중한 역할 중 첫째다.

구휼 식품과 영양가에서 최고 점수를 받은 냉이, 맛과 향, 요리 다양성에서 후한 점수를 받은 달래, 의외로 맛과 향, 약리성에서 높은 점수를 받은 두릅이 삼총사의 영광을 안았다. 미스 코리아 선발 대회보다 어렵다. 꽃다지가 선정이 안 된 것은 기근 기여도에서 낮은 점수를 받았고, 천하의 쑥이지만 나물이 아니라서 제외되었다. 내로라하는 나물들이 "어디 두고 보자."라고 할 것 같다.

삼총사 중에 眞善美를 가리는 것은 더욱 난감했다. 사다리 뽑기나 '가위바위보'로 결정하면 편할 텐데, 나물 가문의 영광에 관한 일이니 심사숙고해야 했다. 며칠이 지나도 결론을 내지 못해 전전긍긍하다 아버님 기일 후로 미뤘다. 매년 기일 오전에 고향집으로 가면 봄나물 장터를 돌아보는데, 참두릅이나 개두릅(엄나무 순)이 있으면 산다.

제사상 차림새를 하는 동안, 나는 아버님을 만나려 산소에 안장된 탯돌을 찾는다. 그 탯돌에 앉아 굴밤을 맞으며 배운 휘파람을 부니, '그리움'이 뉘엿뉘엿 석양을 탄다. 하늘이 나를 불러 탯돌에서 아버님과 휘파람 이중주를 하면, 학춤을 추시는 어머님을 태우고 고향집 마당 돌배나무 아래 그 자리로 가리라 다짐했던 탯돌, 예의 그 탯돌이다.

돌아오며 앞밭과 경계한 산자락을 둘러보니, 적송을 기어오른 능소화(일명 어사화)가 두릅과 엄나무를 바라본다. 아버님이 심으신 나무다. 지난 가을에 큰 아주머니가 걸어 다닐 길을 내고, 두릅을 따기 쉽게 전지를 했다. 두릅 순이 나면, 걷기가 불편해도 맏며느리로 처음 딴 두릅과 막걸리를 갖고 미리 사월 초하루 산소를 찾아 "두릅이 피었습니다."라고 했다니 지극정성이시다.

옛날이 떠오른다. 맏형과 둘째 형이 군에 가니 집에 일손이 달렸다. 동무들은 학교에 입학했지만 나는 넷째 형을 따라 학교에 가다 돌아와야 했다. '학산' 쪽으로 오려다 산에서 길을 잃어 계곡에서 얼마나 울었는지 모른다. 마침 스님을 만나 돌아오는데 참두릅이 냇가에 지천이었다.

중학교 시절, 하학 길이 멀더라도 그 냇가에 가서 두릅으로 허기를 채웠다. 뿐만 아니다. 보자기에 한 아름 싸가지고 오면 어머니는 그 두릅을 정미소와 양조장 아저씨에게 갖다 드리고 등겨와 술지게미를 얻어 와 먹을거리로 삼았던 조강지처셨다. 해서 아버지는 산자락에 두릅나무를 많이 심으셨다.

큰 아주머니가 제사를 전통식으로 고집하니 축문을 쓰고 도포와 망건 차림으로 축문을 읽는다. "어느덧 세월의 차례가 되어…돌아가신 날에 임하여 옛날을 생각하며 느끼오니, 하늘같은 넓은 은혜를 갚을 길이 없나이다." 촛불 위로 향이 살아 오르니 아버님이 강신하시는 듯하다. 축문을 읽다가 목이 메고 눈시울이 붉어진다.

제사가 끝나고 마주 앉은 밥상에, 가시가 있어 제사상에 못 오른 두릅이 대령한다. 문어와 두릅의 궁합, 어머니로부터 전수받은 콩가루에 묻힌 참두릅 튀김과 양념장에 버무린 개두릅 무침을 들며 부모님의 두릅 사랑에 젖는다.

큰집에서 묵으며 이런저런 얘기를 나누다 잠자리에 들었다. 천정에서 부모님이 아른거린다. 어머니께서 막걸리를 따르신다. 아버님께서 안주로 두릅을 드시고 엄지손을 치켜드신다.

아, 엄지손이면 으뜸이라는 뜻이다. 게다가 참두릅의 참 자(字)가
眞이 아닌가! 아버님의 계시로 서슴없이 두릅을 眞으로 결정했다. 대
의 명분으로 어떤 결점도 없다. 眞이 결정되었으니, 차석으로 고부姑
婦의 덕을 맺게 하여 집안의 건강을 살핀 냉이가 善이 됨이 도리였
다. 그러니 달래가 美로 결정될 수밖에 없다. 나중에 달래에게 "봄이
니까 뭐니뭐니 해도 美가 최고야."라며 달래느라 진땀을 뺐다.

가죽나무 순과 다래 순이 춤을 춘다. 두릅이 나무를 대표하여 출
전했는데 봄나물 삼총사에다 뜻밖에 眞으로 선정되었으니 꿈인가 생
시인가 한다. 천대받는 나무의 나물이라고 기대를 안 했는데 장원
급제했다니 만세 삼창을 한다. 아버님께서 빙그레 웃으시며 어머님
의 손을 잡고 하늘 나라로 가신다. 현몽이다.

새벽에 남대천 고수부지 번개시장에 나가니 두릅이 끝 무렵이라
고 한다. 참두릅과 동해안 개두릅은 끝났고, 심산에서 채취한 개두
릅을 무더기로 쌓아 놓고 판다. 개두릅 세 타래를 샀다. 삶아 급랭하
여 보관하면 여름 내내 별미로 즐길 수 있다. 벌써 비빔밥, 콩가루에
묻힌 튀김, 막걸리 안주에 두릅 향기가 아른거린다.

어사화가 피는 날 다시 오련다. 두릅이 봄나물 삼총사 眞으로 등
극되었으니 적송이 어사화를 헌화하며 가문의 영광이라며 두릅 예찬
을 할 것이다. 그러면 나도 따라서 두릅 예찬을!

2019년 5월

헛제사밥을 먹다

여행이란 참 좋은가 보다. 출발 전부터 기대 심리에 가슴이 설렌다. 무엇을 만나 어떤 인연을 맺을까? 여행을 떠나본 사람만의 느끼는 감정에 엔도르핀이 솟아난다.

산림문학에서 가을 '산림문학기행 및 숲 체험 행사' 참가 신청 안내문이 공지되었다. 봄에 울진 금강송 숲을 탐방하여 마음껏 피톤치드를 마셨는데, 이번 대상지는 안동지역 일원, 문화재, 문화시설, 산림행정 유관기관 및 주변 숲이라니 마다할 이유가 없다. 세부 일정계획 중 도착 당일 만찬이 까치구멍 식당 '헛제사밥'이란다. 허! 헛제사밥을 먹을 수 있다니 주저 않고 참가신청을 했다.

안동 경북도청을 방문하여 '오감 만족의 경북 산림 정책' 설명을 듣고, 중식으로 솔밭 식당에서 간고등어 전통 한정식을 들었다. 이어 해설사의 설명을 들으며 하회마을과 병산서원, 안동댐 조망대에 들렀다. 옛 적에는 건성으로 보았는데, 해설사의 설명을 들으며 배경과 내용을 알게 되니 곳곳을 보는 눈이 뜨였다.

저녁 늦게 까치구멍 식당에 도착했다. 3대째 이어온 전형적인 한옥이었다. 자리에 앉으니 허기가 느껴졌다. 헛제사 밥상이 궁금하기만 한데 손님이 많아서 그런지 기다리는 시간이 길었다. 제사를 지낸 후 음식을 기다리는 시간은 왜 그리 긴지 예나 지금이나 똑같았다.

제삿날이 오면 오전부터 어머니와 함께 큰댁에 갔다. 찬장에 보관한 제기들을 내 와 목기는 젖은 수건과 마른 수건으로 닦고, 수저와 놋그릇은 볏짚에 잿가루를 묻혀 윤이 나도록 닦으며 어머니를 도왔다. 제기는 다른 집에서 빌려올 수 없으니 혹 손질하다 망가지면 새로 사야 했다.

제사상에 오를 경단, 과일, 어물 찜, 산적과 갱[羹: 미역국] 등 차림새가 마무리되면 집에 돌아왔다. 자정이 되면 눈을 비비고 일어나 세수를 하고 부모님을 따라 초롱초롱한 별빛이 비치는 밤길로 제사보러 갔다.

우리 조상들은 관·혼·상·제를 치르는 데 온갖 예를 갖추었다. 지금은 성인식인 관례冠禮는 사라졌고, 집에서 치르던 혼례婚禮와 상례喪禮는 결혼식장이나 장례식장으로 밀려났으며, 제례祭禮만을 집에서 치른다. 돌아가신 날 첫 시에 지내던 제사는 세월 따라 많이 변하여, 4대 봉사는 옛일이고 조부모 이상 제사는 합제사로, 부모 제사는 각기일에 지내는데, 종교에 따라 부모 기일을 추모일로 정하여 저녁 편한 시간에 지내니 혼백魂帛은 그저 따를 수밖에 없다. 조상님 은혜가 호천망극昊天罔極으로 그 은혜가 넓고 큰 하늘같아 다함이 없는데, 기일에 모여 추모를 하는 것만도 다행이다.

촛불이 향 연기 속에 너울거리고, 엎드려 고축告祝을 들으며 눈시울을 붉히던 숙연한 제사가 눈에 아른거린다. 잊을 수 없다. 큰아주머니께서 전통식 제사를 고집하시어 우리집 제사는 도포에 망건을 쓰고 축문을 읽는다. 맏며느리이기에 거동도 불편한데 제수품 장만을 위해 며칠간 장에 다니신다. 제사 지내고 차린 음식은 부모님께서 차렸던 옛날 제사 음식 그대로이니, 형제자매들이 생전 부모님 곁에서 식사를 하는 것 같아 뿌리의 소중함을 새삼 되새긴다.

헛제사밥. 드디어 개인별로 밥상이 차려졌는데 제사상 차림을 닮았다. 놋그릇에 쌀 밥, 국그릇에 다시마와 무·두부를 잘게 썰어 정갈스럽게 끓인 탕이며, 접시에는 떡, 목기에는 꼬치에 꿴 소고기와 간고등어·삶은 계란·호박·두부·동태 부침이 등이 놓였다. 놋그릇에 도라지·시금치·고사리 등 6가지 나물을 담았고. 비빔밥으로 먹을 수 있도록 간장과 김치가 곁들여졌다. 후식은 안동 식혜다. 본디 제사상에는 매운 고춧가루 반찬은 올리지 않는데 산 조상들이라 예외인가 보다. 나는 미래의 혼백으로 제삿밥을 들며 온갖 상념에 젖었다.

제사를 치른 제관도 아닌 사람이 제삿밥을 먹으니 헛제사밥이라 했는지 모르지만, 예절의 고장 안동의 향토음식 헛제사밥은 사뭇 의미가 있어 보인다. 맏며느리 여성 회원들은 헛제사밥을 들며 공들여 제사상 차리기가 쉽지 않음을 새삼 느낄 것이다. 사라져가는 옛 풍습을 지키려는 애착은 내 고향의 향토음식 식당 '못밥'과 같았다. 못밥을 먹으면 모내기 소리가 귓전에 울려 잊혀가는 추억을 상기시켰다.

온고이지신溫故而知新이라 했던가. 옛것을 익혀 새로움을 안다는 논어 공자의 말씀대로 미풍양속美風良俗을 지키며 새로움을 추구해야 하는데 편의주의로 흘러 좋은 풍습이 사라지니 가슴이 멘다.

정갈하게 차린 헛제사밥은 아무리 봐도 비싼 편은 아니었다. 음식 하나하나에 정성을 들인 제삿밥을 들 수 있음에 감사했다. 남김없이 깨끗이 드니 속이 든든했다. 옛날 단백질 섭취하는 유일한 음식이 제삿밥이었는데 그때처럼 헛배가 부르지 않았다.

숙소로 돌아오며 창밖을 보니 나무들이 예절을 익혔는지 공손한 자태이다. 문학기행 회원들이 마치 향기를 베푸는 나무같이 품위가 있어 보인다. 이번 문학기행은 헛제사밥 진미에 식도락 예절이 더해져 잊지 못할 추억이 될 것이다. 언제나 그랬듯이 산림문학기행은 헛걸음이 아니었다.

2019년 10월

도라지 캡슐

올봄 옥상 정원에 도라지가 여기저기 군락을 이루며 솟아났다. 유월이 되자 줄기 끝에서 여러 갈래로 뻗은 가지마다 꽃망울이 진陣을 친다. 작은 꽃망울이 크면서 나를 놀라게 했다. 흰색과 보라색 꽃망울이 생긴 지 보름이 되자 아래는 씨방이 달리고 위의 자루는 꼭짓점에서 오면체를 이룬 캡슐 풍선의 형체를 이룬다. 산소를 주입했는지 부픈 캡슐 풍선이 하늘로 올라가려 하나, 땅속 도라지가 잡고 있어 줄기 꽃대는 팽팽하다.

마치 공중에서 낙하산이 퍼지기 전의 모양새다. 터트리면 "펑" 소리가 난다. 캡슐 풍선은 날마다 부풀며 커지다가 망울 꼭짓점에서 오각형 모서리에 이르는 선에 금이 가며 벌어진다. 밤새 은하수를 다녀왔는지 정오각형 입체에서 벌어진 꽃잎이 퍼지며 별 모양의 단아한 꽃이 된다. 그러니 나는 밤에는 하늘의 별자리를 보고, 낮에는 하늘에서 내려앉은 별자리를 본다.

도라지꽃이 1)황금분할을 품었으니 신비스럽다.

기하학 공부를 할 때 컴퍼스와 삼각자만으로 원을 그리고, 그 원에서 정삼각형 · 정오각형 · 정육각형 작도법을 배우며 기뻐했다. "우주는 원이고 그 원에서 정오각형이 그려지며, 다시 대각선으로 연결하여 별이 탄생한다. 인천 상륙 작전을 한 '맥아더 장군'은 별이 다섯 개인 원수이다."라고 하신 기하학 선생님의 목소리가 아련히 들리는 듯한데, 도라지가 정오면체에서 정오각형별을 만들고 있으니 우주와 자연의 심오함을 느낀다.

아마 도라지가 고대 그리스 학자들에게 정오각형 작도법과 황금비를 일깨워주어, 이를 바탕으로 배꼽을 중심으로 상반신과 하반신이 황금비를 이룬 '비너스'의 조각상을 비롯하여 찬란한 르네상스 문화를 꽃 피게 한 것 같다. 우리나라에 미녀가 많은 것은 도라지 음식을 좋아하는 식성 외에 황금비를 바탕으로 성형술이 발달한 덕이라고 본다.

종이로 접은 듯 반듯한 보라색과 흰색 도라지꽃이 피자 벌 나비들이 날아와 꽃으로 옮겨 다니며 꽃에 머리를 박고 아기가 젖을 빨

---

1) 황금분할 : 컴퍼스로 원을 그린다. 원점에서 상하, 좌우로 수직선 지름을 긋는다. 수직선과 원이 만난 A 점에서 반지름으로 좌우 지름 선상에 B 점을 구한다. B 점 각角을 2등분 하여 상하 지름과 만난 점 C에서 좌우 지름과 평행하게 선을 그어 원주와 만난 점 D 점을 정하면, 선변 AD가 정오각형 한 변이 된다. 원주 상에 AD 길이로 다른 점을 그리면 정오각형을 이룬다. 정오각형 내부에 5개의 대각선을 그으면 별 모양의 다각형이 나타난다. 이때 한 대각선이 다른 대각선을 나누는데, 이 나누는 두 선분의 비, 또는 오각형 한 변과 대각선의 비가 바로 황금비, 황금분할이다. 이를 측정한 근사치가 1:1,618이다.

듯 암·수술을 빨자, 나비가 부채춤을 춘다.

　중학교 2학년 때　칠형제인 우리집에 큰아주머니가 시집오셔서 장조카를 낳으셨다. 젖이 잘 나오지 않으니 아기가 보채며 울어댔다. 할 수 없으니 아버지께서 날 보고 아주머니 젖이 나오게 하라고 지엄한 분부를 내리셨다. 눈을 질근 감고 힘껏 젖꼭지를 빠니 젖이 나왔다.

　비릿한 냄새가 입안에 맴돌아 구역질이 나고, 속이 미식 거려 이틀간 밥을 못 먹었다. 다행히 어머니께서 도라지를 다려 주셔서 구역질과 속을 다스렸다. "내가 장가갈 때는 반드시 젖 잘 나오는 처녀한테 장가를 가야지!" 철없는 다짐을 했으니 웃음이 저절로 나온다. 하여튼 그로부터 지금까지 도라지나물을 즐겨 먹었다.

　아버님이 돌아가신 후 어머님께서 산소 앞 자투리 밭에 도라지를 심고 키우셨다. 도라지꽃이 피면 아버님을 만난 듯 얼굴이 환하셨다. 20년 후 어머님마저 별나라로 가시자 큰아주머니께서 그 자리에 도라지를 심고, 산소를 돌보며 도라지를 키우신다. 정성만큼 도라지가 잘 자라 한두 뿌리만 캐어도 바구니에 가득하다.

　부모님 기일이면 도라지나물이 빠지지 않는다. 제사를 지내고 식사를 할 때는 으레 도라지나물에 먼저 손이 간다. 도라지나물이 별맛이다. 도라지 인연으로 큰 아주머니에게 정감이 들었다. 어머님이 안 계시니 더욱더 그렇다.

도라지는 옥상 정원에서 꽃 필 때부터 별나라로 갈 꿈을 키운다. 꽃잎이 시들면 떨어지지 않고 오므려 씨방을 감싼다. 꽃잎이 삭아 없어지자 정오각형 씨방은 광택이 나는 완연한 인공위성 캡슐의 모습을 드러낸다.

씨방은 5개의 방으로 이루어져 있고, 씨앗이 팔월의 폭염 아래 그 방 속에서 무중력 유영 연습을 준비한다. 대기권을 통과하여 하늘나라 은하수에서 별들을 만날 꿈에 부풀어 발사 카운트다운을 기다린다.

옥상에 오르니 시원한 산들바람을 타고 솔개가 하늘 높이 날고 있다. 정원에는 도라지 씨방 캡슐이 활짝 피어 있다. 어젯밤에 은하수 우주여행을 마치고 귀환하여 제자리에 안착한 것이다. 도라지 씨방 캡슐이 솔개를 쳐다보며 정원에 은하수 별을 닮은 씨를 뿌린다. "잘 다녀왔습니다. 내년에도 다시 별나라로 갈 꿈을 꿀 겁니다."라는 독백이 들리는 듯하니 가슴이 찡하다.

"그래, 나도 꿈을 꾼다. 아버님이 못 다 사신 여생을 살다 언젠가 하늘이 부르면, 황금비 도라지 캡슐을 타고 가서 별이 되신 부모님을 만나 도라지 타령을 하련다."

도라지 캡슐이여!

2019년 〈창작수필〉 동인지

또바기

오늘은 친구를 만나는 날이다. 멀리 고향에서 나를 만나러 서실로
온다니 이보다 더 기쁜 일이 없다. 친구는 논산 훈련소에 함께 입소
하여 더위 먹은 나를 살려주었다. 우리는 결혼하여 이웃에 살면서
하늘의 계시인지 똑같이 연년생 두 딸과 육 년 후에 아들을 낳은 사
이다.

친구는 이십 년 전에 간 이식 수술을 했지만 기사회생으로, 지금
은 기술사로서 고향에서 노익장을 과시하며 중소기업 고문을 맡아,
강소기업強小企業으로 육성하는데 매진하는 자랑스러운 친구다. 무슨
선물을 할까 생각다 아호雅號를 선사해야겠다고 작정했다.

옛적 사내아이가 태어나 말을 알아들을 때가 되면 자字를 지어 이
름대신 부른다. 어릴 때는 이름을 부르지만 며느리를 본 후에 이름
을 부르기가 그렇고, 혹 집안 어른들 앞에서 함자銜字가 같은 조상의
이름을 부르는 불경을 범할 수가 있어 자字를 지어 불렀다. 그 자(字)

는 족보에 이름과 함께 오른다. 성인이 되면 호號를 짓는다. 한데 친구는 아호가 없다. 후배들 앞에서 이름을 부르기 보담 호를 부르는 게 더 품위가 있고, 수필문학 수업을 하기에 더더욱 호가 필요할 거라 생각되었다.

친구는 성정이 푸짐하고 베풀기를 1)'또바기'한다. 무욕염담無慾恬談 뜻대로 사심이 없고 마음이 담담한 장부다. 허나 연구, 학구 면에서 욕망은 대단하다. 원자력 발전 기술 국산화의 도구인 한국전력산업기술표준(KEPIC) 제정을 주도해서 성사시킨 일을 기술자로서의 보람과 긍지로 자부하는 외골수다. 매사 건성으로 하지 않고 자신과의 약속을 지키며 마침표를 찍는다. 그래서 그대 아호로 無不(없는 게 없다. 안되는 게 없다.)로 지어 줄까 생각했지만 교만한 티가 풍겨 서실 선생님께 부탁드렸다.

내 나름대로 작명하여 부르는 '복사꽃 길'따라 서실로 가며 버스 차창을 내다보니 복숭아 살구나무가 만추를 보내며 적황색으로 물든 낙엽을 떨어뜨리니 인도와 자전거 길에 수북이 쌓인다. 봄에는 고향의 정취를 맡는 꽃길, 여름은 잘 익은 열매를 행객에게 무상으로 주며, 가을 단풍으로 오가는 이들의 마음을 곱게 물들인다. 내년에 새롭게 거듭나기 위해 거름으로 낙엽을 떨어뜨리니 거룩한 자연의 성정은 또바기 여전하다.

---

1) 또바기 : 부사副詞, 늘 한결같이, 꼭 그렇게.

서실에서 친구를 만나 선생님으로부터 작명법으로 지은 아호 '시우施佑'를 받았다. '도움을 베푼다.'란 후덕한 아호다. 말년末年 운세 풀이로 재록왕성財祿旺盛이라니 친구는 입이 딱 벌어진다. 도움은 여러 가지다. 작은 데서부터 큰 데까지, 목말라 애타는 사람에게 물을 주듯 몰라 헤매는 이들에게 지식과 지혜를 베푸는 일이야말로 얼마나 자랑스러운가.

나는 덧붙여 친구에게, '시은물구보(施恩勿求報: 은혜를 베풀면 보답을 구하지 말라)'를 좌우명으로 삼으라고 당부하려다 그만 꿀컥 삼켰다. 바로 나한테 해야할 말인데, 큰일 날뻔했다.

아호 턱을 거하게 내겠다고 '또바기' 식당에 예약 전화를 했다. "여보세요?" "네. '또바기'입니다. 조 선생님이세요?"한다. 내 이름을 기억하니 우선 기분이 좋다. 또바기 식당 주인아주머니의 상냥한 목소리가 여운을 남긴다. 서실 인근에 사는 회원이 소개한 '또바기' 식당이다. 책거리로 여기저기 식당을 다니는데 그중 단골 식당이 되었다. 또바기! 늘 한결같이, 참 좋은 말이다.

'또바기 식당'은 부부가 운영한다. 아저씨는 주방에서 조리를 하고, 아주머니는 손님을 접대한다. 두 분 다 상냥함이 몸에 뱄고, 음식 맛에다 친절을 더한다. 반찬은 색깔을 보기만 해도 구미가 당긴다. 깨끗한 주방, 실내 그릇, 주류 진열대가 깔끔하고 정연하다. 날씨가 으스스할 때 예약 시간에 도착하면 자리가 따끈따끈하다.

생선구이, 찜, 조림 전문 식당으로, 특별한 생선 요리는 예약 주문을 받아 대령하는 차별화된 식당이다. 철 따라 고향에서 올라오는 산해진미를 맛볼 수 있는 시골밥상을 차린다. 낙지 복음, 청국장도 일품이다.

식당 상호를 어떻게 지었느냐고 물으니 작명소를 찾아봤지만 마음에 안 들어 사전辭典 속에서 찾았다고 하니 가히 놀랄만하다. 5년 전에 상경하여 시작했다는데, 상호 '또바기' 신념으로 하여 어느 정도 자리를 잡은 듯싶다. 용기와 열정으로 시작했겠지만, 별별 사람을 대하며 한결같은 마음으로 음식점을 꾸려간다는 게 쉽지 않았을 텐데 얼굴엔 전연 그런 기색이 없다.

'또바기'란 상호를 내걸고 남들과는 무언가 다르게, 친절과 맛을 팔려고 변신의 몸부림치면서 부부는 더욱 일심동체가 되었을 것이다. 식탁 좌석이 앉아서 먹게 되어 노인들이 불편하다고 하니, 식당 휴무일에 식탁을 의자 석으로 개조하였으니 고객의 사랑을 받을 것은 뻔하다.

아호 작명 덕분에, 친구가 고향에서 갖고 온 황금색 누룩 호박 막걸리를 허벌나게 마신다. 감칠맛 나며 입에 착 들어붙는다. 술기운에 '施佑!' 연거푸 건배를 하며 몇 잔을 들었더니 '앉은뱅이술'이다.

친구 아호 덕에 술이 거나하여 집으로 오는 길, 저녁 노을이 황혼을 재촉한다. 떨어지는 낙엽을 바라보며 '또바기'를 되뇐다. 또바기! 생소한 단어지만 내가 좌우명으로 삼아야 할 참 좋은 말이다.

2018년 〈창작수필〉 제111집

아 익모초益母草

'인내는 쓰나 그 열매는 달다'란 말은 익모초를 두고 한 말 같다.

어렸을 적 더위를 먹으면, 어머니께서 익모초 잎을 절구에 찧어 베보자기로 짠 후, 장독대 위에 놓았다가 새벽이슬을 맞은 생즙을 마시게 하셨다. 어머니의 정성이 담겼지만 쓰디쓴 소태맛이었다. 코를 막고 마셨는데 비릿한 냄새로 속이 울렁거렸다. 하나 조금 지나면 침이 달착지근하고 식욕이 살아났다. 익모초는 나와 인연이 깊은 신비의 약초다.

올여름은 온 세상이 폭염에 테러 당했고, 열대야가 한 달간 지속되었다. 더위를 피하려 아내와 북한산 밤골 계곡을 찾았다. 국사당을 지나 '숨은 폭포'에 이르니 가뭄으로 처녀폭포도 총각폭포도 실絲폭포다. 하산하다 나의 비밀 아지트 계곡에 이르니 다행히 바위틈 사이로 물이 흘러나와 고여 발을 담글 수 있었다. 소나무 그늘에 자리를 깔고 더위를 식혔다.

계곡에 그림자가 드리우자 자리에서 일어났다. 국사당을 지나 도로변 민가에 이르자 하얀 나비들이 개울로 날아가기에 뒤따라갔다. 바위 바닥 웅덩이에 나비들이 물을 스치고 날아간 경사진 밭둑에 자색 꽃이 층층이 핀 익모초가 듬성듬성 있었다. 아, 익모초다! 저 하얀 나비들은 애벌레 때 익모초 잎사귀를 갉아먹고 삼복더위를 이겨낸 나비들인가 싶었다. 알을 낳고 생을 마감하기 전에 더위에 시달리는 익모초에게 물을 주어 꽃씨가 잘 맺히도록 보은에 답하는 것인가! 익모초를 대하니 지난날 군에 입대하여 겪은 추억이 떠올랐다.

대학 시절. 아르바이트하느라 몸이 부실했는데 입영을 하게 되었다. 삼복더위에 논산훈련소에 배치되어 강행군 훈련은 계속되었다. 새벽에 기상하여 4km 떨어진 사격장으로 M1 소총을 메고, 구보를 시작으로 폭염 아래 훈련이라 땀투성이였다. 점심을 먹고 진지 참호를 파는데 하늘이 노랗고 어지러워 그만 쓰러져 인사불성이 되었다. 친구가 나를 업고 구급차로 달려간 모양이다. 엠블란스에 실려가 야전병원에서 식염수 링거를 맞고 소생되어 막사로 옮겨졌다. 그날 일사병으로 세 명이 사망했다.

훈련을 마치고 귀대한 친구가 나를 보자 눈물이 범벅이 되어 내 손을 잡았다. 내무반 선임하사(송영정)는 몹시 놀란 기색이었다. 어떻게 구했는지 익모초 생즙을 들게 했다. 취침 직전과 기상했을 때 익모초 생즙을 들어 구사일생으로 살아났다. 그러니 친구, 선임하사님, 익모초는 내 생명의 은인이다.

논산훈련소 3개월간 훈련이 끝나자 강원도 전방에 배치되었다. 일병 시절, 기술 장교 '권 준위'의 얼굴에 수심이 역력하여, 무슨 일이 있냐고 물었더니 아내가 출산을 해야 하는데 시골 전방이라 조산원이 없어 걱정이라고 했다.

곰곰이 생각하다 아버지를 따라 출산 뒷바라지를 한 경험이 있으니 산파 역할을 해보겠다고 하니 반색했다. 출산하는 날. 권 준위 집으로 가서 미역을 간간한 소금물에 빨아 가마솥에 끓이고, 참 숯불에 가위를 달구었다 알코올로 소독한 후, 기저귀를 준비했다. 다행히 산고 없이 옥동자가 태어나자 권 준위가 지켜보는 가운데, 나는 탯줄을 끊고, 아기를 씻은 후, 산모 하체를 수건으로 가리고 기저귀로 출혈을 닦았다.

피에 묻은 기저귀를 빨 때 역겨운 피비린내가 코를 찔렀다. 마치 익모초 줄기에서 나는 냄새다. 옳지! 익모초다. 집 주위를 살피니 6월이라 익모초가 여기저기 있었다. 어머니가 하셨듯이 절구에 찧어 짠 생즙을 산모에게 세 번 복용케 했다. 옷과 몸에 밴 피비린내와 익모초 냄새가 어울려 속이 메스꺼웠다. 밤이 되자 냇가에서 온몸을 씻고 옷을 빨아 입었지만 비린내는 여전했다.

사흘 후 연락을 받고 온 친정어머니가 몹시 고마워했다. 부드러운 미역국이며 깨끗한 기저귀 빨래 등 뒷바라지를 대신했으니 이 신세를 어떻게 갚아야 하냐고 했다. 익모초를 복용했으니 산후 지혈이 잘 되었고, 부부 금슬琴瑟까지 좋게 될 거라 하니 권 준위 얼굴은 홍당무가 되었다.

밤골 익모초가 무더위를 이겨내느라 목이 탔는데 나비들이 찾아온 것이다. 백의민족이 사는 곳에는 쑥과 더불어 익모초가 자라 민초들에게 효험을 주고 있으니 신비롭다. 익모초는 어혈을 풀어주는 혈액순환 촉진제로서 생리불순, 생리통, 자궁질환, 산후 지혈, 여성 갱년기에 좋아 여성들을 위한 야생 약초로 임신 전후에 복용한다. 황진이가 즐겨 복용하여 미모를 유지했다는 기록이 있듯이 여성에게 이로워 '익모초'라 했다. 임신 중에는 복용 금지다. 자궁이 수축되어 산고産苦가 크기 때문이다. 장기간 과다 복용은 또한 과유불급이다.

익모초는 시력 회복에 도움을 주어 야맹증이나 눈이 충혈되었을 때 복용한다. 배앓이, 수족냉증, 식욕부진에 효험이 있으며, 신진대사를 활발하게 한다. 비린내 나는 줄기는 이뇨작용이 뛰어나 체내 노폐물과 요산을 배출하여 통풍을 다스리고, 산성화된 체질에 항산화 작용을 한다고 알려졌다. 익모초는 더위 먹었을 때 특효약이다. 나는 남자라서 으레 익모초를 '육모초'라 불렀다.

불볕더위가 기승을 부리는 삼복, 달 밝은 밤에 빨랫감을 갖고 앞 냇가로 어머니를 따라가다가 동네 처녀들이 냇물에서 "너도 땀띠다. 땀띠!" 소스라친다. 목욕을 하는 모양인데 태양의 이글거리는 햇살이 등과 젖가슴에 땀띠 문신으로 별자리를 수繡 놓았으니 아우성이다. 나는 윗도리를 벗어 어머니에게 주었다. "너는 바위에 앉아 남정네들이 얼씬도 못하게 망을 봐라."하셨다.

어머니는 주위의 익모초를 꺾어 바위에 놓고 방망이로 찧어 땀띠에 발라주셨는지 아리다고 자지러진다. "아리지만 자고 나면 땀띠가 수그러진다. 참으라." 타이르는 어머니 목소리가 잔잔히 들린다. 이렇듯 익모초는 생즙이나 중탕으로 마시거나 피부에 발라 민초들을 치유한 배달겨레의 민방 약초로 아픈 사람을 가리지 않는다.

논산훈련소 때 선임하사님, 산파역을 자청하여 탄생시킨 옥동자는 잘 있는지 궁금하다. 더위 먹고 쓰러진 나를 업고 뛴 친구는 훗날 간 이식 수술하여 양양 오색천 계곡에서 요양을 할 때, 산메기 잡으러 오는 우리를 위해 익모초 즙 통을 들고 기다렸다. 친구는 고향에서 노익장을 과시하며, 기술사로 회사에 봉직하니 자랑스럽다.

익모초 곁을 떠날 때, 나도 하얀 나비처럼 신세를 갚고 싶었다. 마침 주위에 아무도 없어 바지 지퍼를 내리고, 왕년의 오줌 멀리 누기 승자답게 익모초 뿌리에 거름으로 오줌발 세례를 하니 익모초가 부르르 떤다. 아니나 다를까 익모초는 쓰디쓴 맛을 안겨줄 수 없으니 예의 그 비릿한 냄새를 풍겨 내 온몸을 감싼다.

2018년 〈산림문학〉 제32호

명의名醫의 길

새해에 자동차 정기검사와 건강검진 통지서를 받았다. 나는 나대로 차는 차대로 격년마다 치르는 연례행사다. 2월 초순에 검사받은 자동차는 그간 혹사를 당하지 않아 별 탈이 없었다. 3월 달력에 건강검진 날짜를 ○표 했다.

건강검진 날짜가 다가오니 왠지 불안하다. 아내와 함께 외식을 하며 곡차를 들려는데 "여보. 내일 검진 날이지요?"한다. 검진 예약을 한 달 미루었다니 나를 못 미더워했다. 50여 년간 다닌 C병원에서 건강검진을 받은 결과는 적색 표시 항목이 많았다. 경계경보다.

30년 전 장딴지 인대가 끊어진지 모르고 두 달간 방치했다 까치발이 될 뻔한 적이 있다. 인대 수술로 6개월간의 깁스를 풀 때 원장님은 조마조마하셨다. 그 후 어지러움과 두통, 혈압 상승을 단번에 갑상샘 항진증으로 판단, 혈액검사로 치료하신 장원준 부원장님은 큰 수술을 많이 하다 보니 노심초사하여 나처럼 갑상샘 항진증을 앓고 계시다.

요즈음 '의사의 반란'이란 책이 출간되어 장안의 화제다. 지금까지 알려진 건강 상식을 뒤집어, 약 없이 병을 고치는 방법을 알려주는 건강 지침서를 폈다. 저자는 "못 고치는 병은 없다. 다만 고치지 못하는 습관일 뿐이다.'라며, 약이 인류를 구할 것이라 믿었지만 도리어 인간을 상품화시켜, 약이 없으면 당장 죽는 것처럼 이야기하지만 사실 그렇지 않다고 주장한다.

'오뚝이 의원' 원장인 저자는 약, 주사 처방을 하는 의사가 아닌 환자들이 올바른 식습관을 통해 병을 이겨낼 수 있도록 도와주는 컨설턴트를 자처한다. 치유 과정은 환자 자신이 자기 몸을 돌보고 아끼며 사랑하는 방법을 찾아가는 과정이라고 말한다.

몸속 염증이 생기는 것은 혈류 부족 때문이니, 혈액 순환이 잘 되게 영양분을 보내면 해결되는데, 그 영양분이 바로 소금 속에 들어 있다며 좋은 소금을 충분히 먹으라고 권유한다. 현미밥을 권장한다. 알다시피 현미는 완벽한 주식으로 많은 영양분이 골고루 들어있다. 꼭꼭 오래 씹어 먹어 소화가 된다면 별다른 영양분 보충이 필요 없다니 수긍이 되어 만년 고혈압 환자인 아내와 오뚜기 의원을 가보기로 했다.

2004년 '의사가 못 고치는 환자는 어떻게 하나?'를 읽었다. "진정한 의술은 병을 잘 고치는 것이다. 그것도 값싸게 고칠 수 있어야 한다."라고 하여 나에게 적지 않은 변화를 안겨주었다.

그 후 포화지방산 육류를 피했으며 밥상은 신토불이 음식으로 차렸다. "소금이 되어라"라는 하느님 말씀을 존중하여 천일염과 죽염의 신봉자가 되었다. 고혈압은 결코 유전이 아니라 잘못된 식생활로 인해 피가 탁해진 결과라고 믿었다. 해서 응고제인 간수(염화마그네슘)를 제거하면 미네랄 보고인 천일염과 죽염은 천하 보약이라며 서구 암염과 우리 갯벌 소금의 차이를 열변한다. 좋은 소금이란 간수가 제거된 소금이다.

응급환자가 입원하면 우선 세균 감염을 막는 응급조치로 맞는 게 식염수 링거 주사이다. 우리 몸은, 피가 0.9%의 염분을 함유하고 있어, 민물성 바이러스 등 병균이 체내에 침투하면 살지 못하도록 한 하나님이 만든 구조라고 한다. 소금 섭취 부족으로 체내 염도가 떨어지면 세균 무방비 상태가 되어, 자체 치유 능력이 떨어지고 심하면 피가 썩는 패혈증을 앓게 될 수 있다니 그냥 넘어갈 일이 아니다.

최근 구암 허준, 마의 백광현, 태양인 이제마가 등장하는 재방 드라마를 즐겨 본다. 세 분 다 조선이 낳은 명의名醫다. 훌륭한 스승 밑에서 철두철미하게 기본을 갖추고 연마하여 스승을 뛰어넘은 청출어람의 표상이다.

허준 어의는 스승의 호된 가르침 속에 익힌 인술을 가난한 병자들에게까지 베풀었고, 약명과 처방전을 체계적으로 담은 '동의보감'을 후세에 남겨 자손만대에 귀감이 되었다. 백광현 마의馬醫는 한약 처방에만 의존했던 한방 의술을 뛰어넘어 외과 수술로 어의가 되었으며, 이제마는 체질에 따라 처방을 달리하는 사상의학을 개발했다.

하늘이 좋은 재주를 내린 것은 좋은 데 쓰라고 내린 것인즉, 인술仁術로 병자에게 행복을 찾아준 명의의 길을 걸은 분들이시다. 우리 민족은 의술에 대한 소질을 갖고 있는 민족임에 틀림없다.

한데 요즈음 분야별로 잘 고치는 유명한 의사는 많지만 병자의 편에서 인술을 베푸는 명의는 적다. 세상에서 가장 싼, 가장 병을 잘 고치는 의술을 접목하는 제도를 획기적으로 개선하여, 하늘이 내려준 재주로 능력을 발휘한다면 의료기술 하나만으로도 세계를 선도할 수 있으리라 믿는다.

아내가 15주 동안 오뚝이 의원을 다니며, 먹고 싶은 음식의 유혹을 뿌리치고, 오로지 현미밥과 좋은 소금간만 한 반찬으로 식생활을 지속하더니 혈액 검사치가 정상이 되고 몸무게가 줄었다. 눈물겹고 놀라운 변신이었다.

찡그린 얼굴로 찾아온 환자에게 무엇 때문에 병이 들었는지 깨닫게 하고, 스스로 치유하도록 길라잡이가 되는 의사가 바로 명의가 아니겠는가. 환자가 완쾌되면 이를 하늘의 공으로 돌리며, 하늘의 뜻 인술을 펼치는 의사야말로 명의의 길을 걷는 분이다. 이런 명의가 많이 탄생하기를 기도한다.

병원 안내 게시판의 휘호 「嚬來喜歸(빈래희귀: 찡그린 얼굴로 왔다가 웃으며 돌아간다.)」가 눈길을 끈다. 인생사도 마찬가지이니, 명의의 길이 더욱 존엄스럽고 거룩하게 느껴진다.

2019년 8월

곰보배추 시집가다

월동이 지나니 본격적인 김장철이다. 야채가게 앞에 배추를 따라 모여든 김장용 채소들이 손님을 반갑게 맞이한다. 주부들의 발길이 끊이질 않는다. 배추는 소망을 팔고 변신을 기다린다. 올해는 배추 농사가 잘되어 배추 파동으로 인한 주부들의 한시름을 덜게 해서 다행이다.

배추는 화려한 변신을 꿈꾸는데 집에서는 김장한다는 얘기가 여태껏 없다. 매년 맛 자랑 맛 사랑을 벌이는 행사 중에 나는 무말랭이를 장만 했는데 귀가하면서 무를 살까 망설이다 해장국이나 들기로 했다. 시래기를 듬뿍 얹은 뼈다귀 해장국을 먹을까 하는데, 지인들을 만나 '누리 한우 식당'에 들렀다.

단골 메뉴인 우거지 곰탕을 시켰다. 배추 우거지 곰탕은 양과 맛이 푸짐하다. 그늘에서 말린 배추 우거지를 삶은 후 쇠고기와 함께 곰국에 끓인 해장국이다. 지인들이 먹어보고 곰탕으로만 여겼는데 배추 우거지가 식감이 부드럽고, 식대도 저렴하니 자주 와야겠다고 반색했다.

섬유질 공급원으로 무청이 한몫을 했는데, 배추가 시래기로 둔갑하여 진가를 발휘한다. 식사를 하는데 김포에서 농사를 짓는 문우文友 L 님으로부터 김장을 했느냐는 전화다. 김장을 하고 남은 배추가 있으니 갖고 가란다. 농막에서 시詩를 쓰며 기른 배추가 궁금했다.

다음 날 부리나케 밭에 가니, 푸르른 하늘만큼 짙은 녹색 배추가 하얀 서리를 안고 있다. 뿌리가 통째로 뽑힐 때의 아픔이 사라지기 전에 찬 서리를 맞고 비명횡사할 줄 알았는데, 배추를 터니 싱싱하게 살아나며 활짝 웃는다. "어서 눈이 오기 전에 날 데려가세요."라고 한다.

이삭 배추처럼 속이 덜 찬 '베타(β) 프레시 배추'란다. 엽록소와 섬유질이 풍부해 보이는 모양새로, 여느 배추처럼 잎이 반듯하지 않고 요철이 많다. 농약을 치지 않고 노심초사 정성을 들여 키운 곰보 배추다. 초록이 지쳐 누렇게 변한 잎을 떼어내니 탐스러워 보인다. L 시인은 배추를 어루만지며 자루에 차곡차곡 넣어 차에 실었다.

곰보 배추가 농장 주인에게 신세를 갚기 위해, 앞으로 어떤 고된 일이 벌어지더라도 참으며 배추의 몫을 할 것이라 다짐한다. 마지막으로 뒤늦게 알지도 못하는 집으로 시집을 가게 되니 눈물이 핑 돈다.

집으로 오며 옛날 생각에 잠겼다. 논산 훈련소 삼복더위에 훈련을 마치고 미지未知의 전방 부대로 트럭을 타고 갈 때 "아! 이제야 군인의 길로 가는구나."라고 느꼈듯이 지금 곰보 배추도 똑같은 심정이라 생각되었다. 배추를 내리니 서리가 녹아 흥건하다. 우리집으로 시집오며 흘린 눈물인가 싶다.

신문지에 배추를 널어놓고 일감 순서를 정한다. 크기에 따라 배추김치, 물김치, 배추전, 겉절이 등 용도별로 선별하고 작업을 시작했다. 칼이 잘 안 든다기에 칼부터 갈았다. 도마에 배추를 올려놓고, 서슬이 퍼런 칼로 반쯤 자른 다음 인정사정없이 찢으니 부르르 몸을 떤다. 이내 배추는 소금물 속에서 살신성인의 도를 닦는다.

절인 배추의 가슴을 열고 켜켜에 무채와 갓, 고춧가루와 마늘, 생강과 파, 젓국물로 버무린 양념을 채우니 맵고 아림에 죽을 맛이다. 자식 키우는 엄마의 손맛과 심성을 품에 안고 참는다. 김치독이나 김치냉장고로 옮겨져, 금을 보관하듯 하니 김장金藏이다. 어둠의 옥살이에서 숙성되어 눈부신 색깔과 맛깔로 탄생하니 배추의 변신은 가없는 베풂이다.

한편 프라이팬 기름에 집어넣으니 "아이 시원해!"라며 선도 높은 배추전이 된다. 죽다 살아나면 또 죽고 생사의 길을 오간다. 이렇게 시집살이 역경을 이겨내며 화려하게 변신하니 배추는 참으로 용하고 장하다.

한류라면 김치를 빼놓을 수가 없다. 해외 출장 당시 김치 선물은 어려운 일을 푸는데 한몫을 했다. 알싸한 매운 맛에 반한 외국 지인들에게 김치는 최고의 선물이었다. 우리나라 물과 천일염에 절인 배추에다 고추와 온갖 양념을 곁들여 숙성시킨 김치야말로 어느 나라도 흉내 낼 수 없는 신토불이 맛이다. 그러니 배추는 국위를 선양하는데 앞장서 온 한류의 원조元朝인 셈이다.

김치는 발효식품의 장점을 안고 여러 형태로 다시 태어난다. 오모리 김치찌개, 김치전, 김치라면, 김치말이국수, 배추 된장국, 김치 볶은밥, 김치 돼지 두루치기, 김치만두까지 다양하게 변신한다.

며칠 후 배추김치가 익어 상큼한 맛을 즐긴다. 배추를 신문으로 말아 그늘진 베란다에 보관했더니 선도가 유지된 일급 청정채이다. 상추 대신 쌈을 싸 먹으니 식감이 뛰어나다. 배추 물김치도 시원한 청량감을 안겨주니 배추의 변신이 경이롭기만 하다. 배추가 변신을 하며 베푸는 덕목을 감당할 수 없다.

해를 거듭할수록 기후 온난화로, 고랭지 배추 경작에 시름이 더해 가는데, 섬유질 등 기능성을 부여한 곰보 배추가 탄생하여 반갑기 짝이 없다. 김장을 미루다 곰보 배추를 만나 겨울나기가 끄떡없다. 배추를 준 시인과 우리 집에 시집와서 행복을 베푼 곰보 배추에게 감사드리다 느닷없이 곰보 배추 같은 심성의 며느리를 맞이했으면 하는 소망을 갖는다.

2019년 12월

제4장
| 개나리 꿈을 |

운수 좋은 날
찰떡궁합이 따로 있나
겨울 부채
봄소식을 갖고 온 손자
말씀 한마디
나는 나를 내가 나를
아름다운 사람들과 풍경
독자의 서신
포말이 추억을 토한다
개나리 꿈을

운수 좋은 날

'평화 역사를 잇다!'란 슬로건으로 고양행주문화제가 열리는 기간 (5월 25~26일)에 고양문협이 행주산성 역사 공원에서 시화전과 행주 백일장을 주최한다. 문협 일원으로 시화전에 참가하여 고양시정연수 원 앞 공원에 시화전 현수막을 설치하고 있었다.

'호湖를 사랑한다.'란 내 작품을 걸다 뒤를 돌아보니 눈에 익은 관 목에 먼저 핀 꽃이 봄을 보내기가 아쉬운지 새로 피는 꽃을 바라보 고 있다. 함께 있던 분이 '황매'라고 하니 고개가 갸우뚱 해졌다. 소 나무와 소나무 사이에 줄을 매고 시화전 작품을 거니 운치가 있어 보인다. 작업이 끝나고 황매라고 하는 그 관목과 꽃을 자세히 살펴 보았다.

꽃잎이 여러 겹인 '지단이꽃'이다. 황매화인 듯하나 황매화의 변 종이다. 어머님의 사랑을 듬뿍 받았던 겹황매화, 지단이 꽃을 여기 서 만날 줄이야, 내 작품을 마주 보며 "네가 올 줄 알았다. 여기가 너의 제2고향이니 당연히 와야지!"라고 하시는 것 같아 가슴이 울컥한다.

산책을 나설 때는 으레 고향의 경포호수 같은 호수공원을 향했는데 한번도 지단이꽃을 본 적이 없었다. 한데 행주산 역사공원에서 추억의 지단이 꽃을 만났으니 운수 좋은 날이다.

집에 와서 '지단이꽃'을 인터넷에서 검색하니 알 수 없는 이름으로 나온다. 백과사전을 다 뒤져도 '지단이꽃' 이름은 없었다. 황매를 거듭 검색하다 운 좋게 '죽단화'란 꽃 이름을 발견했다. 혹 '죽단'이 '지단'일 수도 있겠다 싶어 죽단화 이미지로 들어가 보니 지단이꽃이다. 마치 어머님과의 재회이니 한바탕 목 놓아 우는 기쁨의 울보가 되고 싶었다.

어머님께서 죽단화를 '지단이꽃'이라 하여 나는 지금까지 죽단화를 지단이꽃이라고 불렀다. 죽단화를 지방 사투리로 지단이꽃이라 하여, 덕분에 하루에 두 번 어머님을 만나니 눈시울이 뜨겁다. 어머님을 상징하는 죽단화를 찾았으니 오늘은 그야말로 운수 좋은 날이다.

아내를 만나자 싱글벙글하면서 지단이꽃이 죽단화인 줄 이제 알았다 하니 "시골집 장독대에서 피었던 죽단화 말이죠?"라고 한다. 아내는 이미 어머님의 죽단화 사랑이 극진하셨음을 알고 있었듯이, 어머님은 죽단화를 무척이나 사랑하셨다.

아랫집이 헌 집을 헐고 새집을 지을 때 버리는 죽단화를 죄다 갖고 와 집 둘레에 이식했다가 새집이 완공되었을 때 죽단화를 되돌려 주실만큼 죽단화의 사랑은 끔찍하셨다.

앞집과 경계에 장미와 작약, 회양목을 심어 울타리를 대신했고, 장독대 뒤 언저리에 죽단화를 많이 키우셨다. 죽단화가 피어 어우러지면 장독대는 화원이다. 숨 쉬는 독, 항아리들이 향기를 맡아 장맛이 달았다. 보릿고개 봄을 넘기느라 지친 4월에, 죽단화 꽃이 피어 집안이 환했다.

아들 칠형제라 사내들만 우글거리니 바람 잘 날 없다. 6·25 전쟁이 끝난 즈음이라 매일 병정놀이를 하다 보니 몸이나 옷이 성할 리가 없다. 게다가 성격이 우락부락해지는 녀석들을 외유내강한 자식으로 키우고 싶은 부모의 심정은 오죽하셨겠는가. 해서 어머님은 죽단화를 키우셨는 듯싶다.

국화처럼 겹겹이 핀 꽃을 5월 초에 채취하여 햇볕에 말린 후 여러 번 덖어 보관하신다. 오월 단오, 유월 유두, 칠월 칠석 절기마다 죽단화 차로 더위를 식혀주며 마음을 다스려 주셨다.

땀을 뻘뻘 흘릴 때마다 모시 적삼을 입으신 어머니께서 행주치마로 받쳐 든 죽단화 차 한 사발을 들이켜면 향긋한 냄새가 온몸을 감싸니 죽단화는 모정의 꽃이다. 뿐인가. 팔월 추석에 곱게 말린 죽단화로 수놓은 화전을 차례 상에 올렸으니 죽단화는 정성의 꽃이다.

지단이 꽃이 죽단화인 줄 알았으니, 백일장이 열린 날, 고양문협 텐트에서 몇 번이나 죽단화를 아니 어머님을 뵈러 갔는지 모른다.

밤새 내 작품을 바라보며 하루라도 더 함께 있기를 소원한 탓인지 축제가 끝나도   시화전은 계속한다니 기쁘기 이를 데 없다.

고양행주문화제 백일장에 참가하여 원고지를 받아 가는 꿈나무들이 대를 이어 평화 역사를 잇는 후예가 될 거라 생각하니 가슴이 뿌듯하다. 고목인 내 몸에 생기가 돈다. 그러니 오늘도 운수 좋은 날이다.

고향을 떠났지만 고양이 좋아 자리를 잡았으니 여기가 내 제2고향이다. 어머님의 사랑이 그리우면, 4월에 이곳을 찾아 지단이꽃, 죽단화 향기를 맡을 수 있으니, 어제ㆍ오늘은 참 운수 좋은 날의 연속이다.

2019년 〈고양문학〉 제51호

찰떡궁합이 따로 있나

나는 떡을 좋아하는 편이다. 떡과 궁합이 맞는다고나 할까? 떡만 보면 배가 부르더라도 손이 간다. 다니다가 내 눈에는 떡집만 보이고, 떡집을 만나면 들러보고 싶은 충동을 느낀다.

모임에 갈 때 단골 떡집에서 산 떡을 식사가 나오기 전에 풀어 놓으면 "웬 떡이야."라고 한다. "잔소리하지 말고 잡숴 봐. 떡을 좋아하면 후덕해진대." 함께 떡 먹으며 화기애애함을 느낀다. 회원들은 나를 떡보라 부른다.

여러 가지 떡 중에 인절미를 특히 좋아한다. 어릴 적 제사 차례 상에 차린 인절미를 먹다 보니 그런지도 모른다. 제사가 끝나고 먹던 그 인절미는 꿀을 안 찍어도 꿀맛이었다.

어머니는 절구에 찧은 인절미를 좋아하셨다. 대를 물려받은 큰아주머니도 씹히는 맛이 있어야 한다며 항상 단골 떡방앗간에서 인절미를 마련한다. 귀가하면서 인절미 씹히는 식감을 느끼니, 나와 인절미는 찰떡궁합이다.

인근 '모란각' 냉면집에 진열된 '꼬마 인절미'를 사 먹었더니 쫀득쫀득하여, 한 봉지를 보관하여 외손자 왔을 때 주었더니 맛있다고 엄지손가락을 치켜든다. "인절미를 좋아하는 걸 보니 너는 외탁했구나!" 했더니 할머니는 "별걸 다 갖고 그런다."라고 하지만 엄마는 빙그레 웃는다.

열 가족 모임인 '동우회'는 결성한 지 45년이 지났으니 백년해로 百年偕老 동우회로 이름을 바꾸려 한다. 갓 결혼한 부부들은 가슴이 활활 타올라, 궁합은 별개지만 개성이 뚜렷하고 음식도 자기주장이 강했다. 누구에게나 있는 개인의 성격 탓이다. 끼리끼리 앉아 호연지기 술타령에 맞서 남편 흉보기가 일쑤였다.

한데 인연으로 맺어졌지, 궁합을 알고 맺어진 부부는 아닌 것 같다. 반백년 가까이 지나니 성질과 시각 · 촉각 · 미각 등 오감을 주고받는 교류가 내적으로 서로 녹아들어 부부끼리 모습이 닮아갔다. 닮았다고 하면 거울을 보듯 마주보며 웃는다. 웃는 모습도 닮았다.

결혼 전에는 이상형을 바랐겠지만 서로 이해하고 내면을 다스려가는 과정 속에서, 어떤 부분이 득이 되고 해가 되는지를 이해하고, 해가 되는 부분을 고쳐 나가니 혼연 일체형 부부가 탄생하는 것 같다. 이러니 인연을 잘 엮어 맺어진 결과물을 궁합이라 믿는다. 찰떡궁합이 따로 없다.

닮아가는 것은 반백斑白만이 아니다. 백년해로 궁합의 징조로 얼굴이 닮아간다. 어찌하여 닮아갈까. 어쩌다 노래방에서 실력을 발휘할 때 곡曲과 가사가 딱 어울리는 노래를 부른다. 음식은 그렇다 치더라도 노래마저 궁합이 맞는 노래를 부르니, 심신 궁합이 서로 맞아 닮아 갈 수밖에 없다.

서로 닮은 부부는 덕이 넘쳐흐르는 듯하다. 서로 장점을 본받고, 부족한 부분을 메워주며 모나지 않게 닮아간다. 아무나 흉내 낼 수 없는 예술 작품으로.

음식에도 궁합이 있다 하니 무시할 수 없다. 음식 궁합은 집안에 화목을 안겨준다. 나는 결혼하여 한동안 아내가 차려주는 밥상에 앉으면 배가 고파서 먹지, 맛으로 먹는 것이 아니었다. 서울 출신과 시골 출신이 만났으니 식성이 달랐다. 진즉 알았더라면 아예!

결혼은 음식과 생활 문화가 다른 집안의 만남이니 문화 충돌이 일어날 수 있다. 자라며 어머니의 음식 솜씨에 익숙해졌으니 더욱 그렇다. 신혼 아내는 나름대로 굽고 볶으며 애를 썼지만, 남편이란 작자는 된장찌개나 김치찌개만 들 뿐 다른 반찬에 손을 대지 않으니 속이 탔을 게다.

고향에서 며칠 머물다 돌아온 아내 음식 솜씨가 확 달라졌다. 콩나물, 두부, 푸성귀 등 값싼 재료로 밥상을 차리니 그제야 정신없이 먹는다. "가난하게 자라서 저렇구나. 고급 요리는 꿈도 꾸지 말아야겠다."라고 생각했는지 모임에서 멀리 앉아 소곤거리는 얘기가 들렸다. 누군들 맛있는 고급 요리를 마다하랴. 비싸서 그렇지! 하루빨리 집을 장만해야 할 내 속도 모르면서.

매년 여름휴가는 고향 집에서 지냈다. 아내는 증조할머니·할머니께서 물려주신 어머니 음식 솜씨를 전수받았다. 소박한 밥상 덕분에 지금까지 감기 한 번 안 걸리고 병원 신세는 안 진다. 미루어보면 어머니가 차려주셨던 반찬은 음식끼리 조화를 잘 이루었던 것 같다.

사람 간에 궁합이 있듯이, 사람과 음식의 궁합, 음식끼리도 궁합이 있다고 요리 전문가들은 전한다. 음식 재료들은 각기 고유한 영양분을 갖고 있는데, 서로 간의 상승·보완·파괴 작용을 한다. 함께 먹으면 좋은 것이 있는가 하면 오히려 영양분에 손실을 주거나 맛을 잃는 조합도 있다고 한다.

선조들은 양념이란 지혜를 찾아냈다. 소금, 식초, 효소 등이다. 서로 만나 영양분을 파괴하는 음식물에 식초나 소금, 효소를 더하면, 영양분을 보존하고 맛을 더 낸다. 궁합이 안 맞는 음식물도 양념으로 다스리는데, 사람들은 신체적, 정신적으로 궁합이 안 맞는다고 후회하며 헤어진다. 후회가 후회인 줄 모르며.

양보와 용서, 이해와 포용은 사람 간의 양념이다. 인연을 찰떡궁합으로 맺어주는 하늘로부터 받은 거룩한 천성이다. 매사 안 되는 걸 내 탓으로 돌리니, 마음이란 보고 속에 찰떡궁합이 있지 않는가! 사랑이란 '같이 오래 사는 것'이라고 생각되어 인절미를 사들고, 집에 들어선다. "여보. 찰떡 사 왔어요. 찰떡!"

2019년 3월

겨울 부채

아침에 환기도 할 겸 창문을 여니 맑은 공기가 바람 타고 온다. 기지개를 펴고 심호흡을 하며 하루를 연다. 바람을 쏘였으니 집을 나가 어디서 바람이나 피워볼까. 객기를 부려본다.

때마침 아홉째 여동생 전화다. "오빠. 지연이가 시집가요." 반가운 소식이다. 지난봄에 누나보다 남동생이 먼저 결혼하여 은근히 걱정했는데 다행이다. 시할머니가 멕시코에 영주하시는데, 소지한 반지를 손자며느리에게 준다 하시니, 예물로 무얼 할지 고민 중인데 부채를 선물하는 게 어떨까 넌지시 물어본다.

지난봄, 아들이 결혼할 때 내가 부채와 족자를 선물했는데 딸이 부러워하는 눈치여서 딸에게도 해주고 싶은 모양이다. 무척 흐뭇했다. 이번 부채는 겨울에 드리니 '겨울 부채'로 하자! 서실로 가며 지연에게 줄 족자의 글, 멕시코 할머니에게 드릴 '겨울 부채' 그림과 시 글귀를 구상하여 스승님께 말씀드렸다.

부채는 생활필수품은 아니지만 아주 긴요하게 쓰일 때가 있다. 선풍기와 환풍기, 냉난방 설비가 등장하기 전까지는 전통문화로 한몫을 톡톡히 했다. 부채는 꺼져가는 불씨를 살리고, 땀을 식히며 햇빛과 얼굴을 가리는 데 없어선 안 될 것이었고, 삔 데나 상처 부위에 약물을 바르고 부채질하면 시원하게 아픔을 날려 보낸다.

풍류하면 부채다. 부채는 바람을 피우며 춘다. 고전무용이나 무당굿에 등장하는 게 부채춤이다. 공연장이나 운동장에서 펼쳐지는 파도의 물결은 배달겨레의 얼이다. 일렁일렁 아름답게 펼친다.

리틀 엔젤스의 부채춤은 세계를 매료시키며 국위를 선양한다. 무당춤의 부채는 신神바람을 일으켜 악귀惡鬼를 부르고 쫓으며. 명창이 부채를 폈다 접는 가락은 청중 가슴에 신선한 바람을 일으킨다. 광대가 외줄 타기에서 높이 점프를 했다 내려올 때 부채를 들고 외줄에 서면 박수갈채를 받는다.

할아버지 부채는 학선鶴扇이고, 할머니 부채는 화문선花紋扇이다. 외출할 때 챙기시는 소지품은 접부채다. 단선團扇 부채는 한여름 무더위를 날리고, 모기와 파리를 쫓으며 아기를 재우니 사랑 부채다. 다리미 불을 일으키는 부채는 살림꾼이고, 약탕관을 다리는 부채는 정성을 부친다.

신선에게 선녀들이 부치는 부채는 파초선芭蕉扇이다. 정자에서 어르신들이 모시 적삼에 부치는 부채가 운치가 있으니 여치도 마냥 부러워 부채 날개를 달고 다닌다. 그뿐만 아니라 황동판에 수놓은 비단과 진주로 장식한 진주선眞珠扇이나 고결한 기품을 그리고 시 구절을 곁들인 합죽선合竹扇은 장식품으로 진가를 발휘한다. 이렇듯 다양한 부채는 우리 곁에 자리했다.

부채는 본시 더위를 쫓거나 햇볕을 차광시켜 얼굴을 보호하는데 쓰였으나 점차 의례 또는 장식의 용도가 강해졌다. 결혼식 날 신부가 가마에서 내려 입장하여 맞절하기까지 혼선婚扇으로 얼굴을 가려 신비스러운 예절을 지키니 신랑은 얼굴을 보고 싶어 애가 탄다. 이렇게 부채가 맺어준 연분에 금이 가 이혼했다는 말은 들은 적이 없다. 요즈음 결혼식에 신부가 부채로 얼굴을 가리고 입장한다면 우레와 같은 박수를 받을 게다. 지연이가 입장할 때 얼굴을 가릴 부채를 준비 못해 아쉽다.

전기가 부족하여 에너지 절약 운동을 펼칠 때 부채는 긴요한 선물이었다. 새마을 운동 시절에는 사무실에 선풍기는 아예 없고 부채를 부쳤지만 지금처럼 냉방병은 없었다.

인사동에서 마련한 합죽선에다 선생님은 바위섬 갯바위 틈에서 바다 냄새를 머금는 가느다란 잎을 그리고, 할머니 인품에 걸맞은 시 구절을 넣으셨다.

並石疎花瘦병석소화수   돌과 함께 있는 성긴 꽃은 파리하고
臨風細葉長림풍세엽장   바람에 임한 가느다란 잎은 길다.

멋진 시다. 바람을 맞아 휘날리는 지연이의 긴 머리카락처럼 가녀

린 잎이 그려진 겨울 부채다. 이역만리 사계절이 없는 나라에서, 할머니는 손자며느리가 보고싶어 겨울 부채를 펼치면 시원한 바위섬의 바람이 불 게다.

나는 지연에게 선물할 족자에 지연의 부모가 그랬듯이 스스로 곧게 자립하기를 바라는 마음을 담아 썼다.

蓬生麻中봉생마중　쑥이 삼마 속에서 자라면
不扶自直불부자직　붙들지 않아도 스스로 곧게 자란다.

지연의 시가 할머니는 일 년에 한 번씩 아들 손자를 만나러 고국에 오시며. 물론 매일 통화를 하신단다. '카카오톡' 시대에 마음만 먹으면 어디 있든 지구촌이다. 보고 싶고, 오고 싶으면 부채를 펴실 게다. 부채에 그리운 금수강산이 펼쳐있으니, 부채를 부치며 그리운 강바람 · 산바람 · 바닷바람을 쏘이실 게다. 그러니 지연이가 할머니께 드리는 겨울 부채는 고귀한 선물이다.

2019년 2월

봄소식을 갖고 온 손자

봄방학이라 토요일 오후 3시에 외손자 희우가 2박 3일간 외가에
온단다. 인성교육의 기초교양서인 '성해 사자소학成海 四字小學' 공부
를 하기 위해서다. 집에 모처럼 봄바람이 분다. 할머니는 집안 청소
후 장 보러 가고, 나는 희우가 공부할 것을 챙긴다. 화창한 봄 날씨다.

3시에 싸리문을 열어 봄소식을 전해 주듯, "봄이오." 구삭둥이가
현관문을 열고 들어온다. 옷가지와 설날 주었던 사자소학을 넣은 가
방을 메고 들어오자 괘종시계와 뻐꾸기 벽시계가 '뎅~뎅, 뻐꾹 뻐꾹'
합창하며 맞이한다.

희우는 내가 쓴 수필 '바이올렛을 부탁합니다 · 연날리기 · 여삼추'
의 주인공이다. "할아버지! 예습 못했어요. 한문도 다 잊어먹어 걱정
이에요."라며 머리를 긁적인다.

희우 엄마 아빠는 희우를 부탁한다며 곧장 돌아가고, 나와 희우는
책상에 앉아 2박 3일간 계획을 세웠다. 오전, 오후, 저녁 두 시간씩

읽고 해석과 글쓰기를 하기로 했다.

사자소학을 통해서 한문 실력의 배양은 물론 기본 교양을 바르게 확립하기 위해 반드시 한자 기초 교육이 선행되어야 하는데, 희우는 여덟 살 때 '태극 천자문'을 마쳤기에 다소 안심이 되었다. 우리의 얼이 담긴 사자소학 한 권을 3일간에 다 뗄 수는 없으니, 효孝로부터 충忠, 인仁, 예禮, 성誠, 경敬까지 공부하기로 했다.

사자소학에 들어가기에 앞서 한자의 구성인 점과 획, 변邊과 방方을 설명하고, 글쓰기 순서를 익힌 다음 훈독訓讀과 문장 해석을 가르쳤다.

'효' 문단부터 읽고 해석하며 암송하는 소리가 바깥까지 낭랑하게 들리니 마치 서당 같다. 서실에서 마련한 '금곡 사자소학琴谷 四字小學 쓰기' 노트에, 예시한 필순대로 한 자를 여섯 번 빈칸에 써넣는다. 오후와 저녁 공부가 지루하지 않고 오히려 희우 눈이 반짝반짝 빛난다.

"전에 배운 한자를 하나도 안 잊어먹었구나. 장하다." 칭찬했더니 쑥스러워 머리를 긁적거린다. 어려운 문장 해석을 하며 나도 배운다. 즐겨 공부하니 가르치는 내가 신이 난다. 내일 오전 공부를 끝내고, 봄맞이 나들이로 호수공원 선인장관에 들러 보자니 손뼉 치며 좋아했다.

'계집 女변'을 설명하는데, 대뜸 "할아버지. 학교에서 한문 시간에 계집 여라고 했다가 짝한테 혼났어요. 여자 여라고 하면 안 돼요?"

"응, 그래도 된다."라고 하니 "그러면 '놈 자者'를 '사람 자'라고 해도 됩니까?" "그래, 옛날부터 얕잡아 불렀는데 이제부터 고쳐 불러야겠다."라고 대답했지만 어안이 벙벙했다. 효의 본보기 순舜 임금의 효도 얘기를 들려주고 잠자리에 들었다.

눈을 감으니 "자식이 훌륭한 사람이 되도록 이사를 하면서까지 뼈빠지게 학원과 과외 공부를 시켰는데, 성인으로 자란 자식들이 잡초가 되었더라."는 친구 얘기가 아련히 들리는 듯하다. 사자소학을 가르쳤더라면 좋았을걸! 예절과 윤리교육을 부탁한 희우 부모가 더없이 고마웠다.

일요일도 강행군이다. 두 시간 공부를 한 후 약속대로 호수공원 선인장관에 들렀다. 희우는 고양 시민이 아니라서 입장료 천 원을 할머니가 내니 "고맙습니다. 감사합니다."라며 연신 고개를 숙인다. 교육 효과가 조금 나타나는 것인가? 할머니는 미소를 짓는다.

키다리 선인장 앞에서 사진을 찍고, 매점에서 앙증맞은 '바위솔'과 '홍영'을 샀다. 홍영은 가지가 세 개가 났다. 물은 언제 주고 꽃은 언제쯤 피냐고 물어보니 물은 한 달에 한 번이고 꽃은 일 년 지나면 핀단다. 희우 입이 떡 벌어진다. 홍영을 잘 키워 외가에 분양할 거라니 가슴이 뭉클거린다.

선인장관을 나오며 희우가 카드 영수증을 보더니 이천 원이란다. 희우와 다시 매점에 가서 한 개 값이 빠졌다 하니 주인아주머니가 고마워한다. "잘 키우겠습니다." 인사를 하는 희우를 보며, 아주머니는 "오늘은 기분 좋은 봄날이에요"라 한다. 귀가하여 오후ㆍ저녁 공부를 마치고, 희우와 옥상에 달구경하러 계단을 오르다 구석에 있는 '꽃기린' 화분에 핀 붉은 꽃을 보았다.

옥상의 꽃기린 화분이 여름부터 늦가을까지 꽃이 폈는데 겨울이 오자 바짝 말라 보기 흉했다. 주인이 이곳으로 화분을 옮겼을 때, 죽은 것을 왜 치우지 않나 싶었다. 어제까지 볼품없던 가시 속에 돋아난 연필심 같은 줄기마다 붉디붉은 꽃이 두 송이씩 피었다. 놀랍고 신비스러웠다. 희우가 봄소식을 갖고 오니 피었나 싶었다. 희우와 함께 화분에 물을 듬뿍 주느라 난리 법석을 피웠다. 오전에 오륜五倫까지 책의 반 이상을 공부했다. 점심때 온 엄마에게 "서당의 기본 자세는 쇄소응대(灑掃應對: 물 뿌리고, 쓸고, 응하고, 대함)이고, 글방 사우四友는 지필연묵(紙筆硯墨:종이, 붓, 벼루, 먹)이며, 스승보다 훌륭한 제자는 청출어람靑出於藍입니다." 희우가 신나게 설명하니 엄마, 할머니 눈이 휘둥그레진다. 내 가슴은 뜀박질한다. 아! 어릴 때 저렇게 윤리 교육으로 도덕성을 함양해, 우리의 얼을 지켜나간다면 얼마나 좋을까?

뻐꾸기 벽시계가 3시를 알리자, 봄소식을 갖고 온 손자가 계단에 올라가 꽃이 두 송이가 더 피었다고 엄마에게 손짓한다. 외손자가 돌아가자 낭랑하게 책 읽던 소리가 방안에 맴돈다. 어디쯤 가고 있을까 옥상에 오르니 봄이 오는 소리가 들린다.

2019년 2월

말씀 한마디

말 한마디가 천 냥 빚을 갚고, 인품을 나타낸다고 한다. 상대방을 배려한 말은 고마운 마음으로 돌아오는데, 같은 입에서 나온 욕된 말은 화禍가 되어 혈육을 남남으로 친한 사이를 하루아침에 원수로 만든다.

옛날 아이들이 8살이 되면 가르쳤다는 소학小學을 뒤늦은 나이에 읽다가 느낀 바가 많았다. 아내와 외식을 하는 자리에서 식사를 끝내며 슬며시 물어보았다. "지금까지 내가 한 말에 속상했던 적이 많았소?"라고 물으니, "난데없이 왜 그래요? 가슴에 못을, 그것도 대못을 박은 것을 쓰라면 책 한 권도 넘어요."라며 정색을 한다.

분위기를 믿고 넌지시 물어보았는데 괜히 벌집을 쑤셔 놓았다. 아내가 정이라는 사슬에 묶여 언어폭력(?)을 견디어 왔으니 무안했다. "그때는 무심코 한 말이었으니 용서하시구려. 앞으로 왕비 마마로 잘 모시겠습니다."라며 얼른 봉합을 했다. 식사 중에 물어보았더라면 체할 뻔했다. 기억 속 앙금에 어안이 벙벙했다.

나는 말이 어눌하다. 거기다 사투리와 무뚝뚝한 억양이니 듣기가 거북하여 남들로부터 말씨, 음색音色을 고쳐보라는 권유를 받은 적이 많다. 우연히 어느 분이 소지한 내 명함을 보니 '잘 알아들을 수 없는 사투리를 하는 분'이라고 붉은 글씨로 적혀 있다. 이쯤 되면 내 말씨를 알만 하다.

회사 재직 시 매월 초 조회를 취하면, 그 조회문은 국내 4개 공장에 게시된다. 후에 홍보 담당자가 녹음기를 틀면서 무슨 말인지 알 수 없어 진땀을 뺀다는 것을 알고 조회문을 작성한 후 조회를 치렀다. 함께 오랫동안 근무한 후배들은 내가 한 말을 거의 알아듣는다. 술자리는 내 옆에 통역관이 있어야 한다고 주위 분들이 농담을 했지만 실은 진담이다. 웃을 수도 울 수도 없다.

상사를 모시고 출장을 가는 기회가 있었다. 뱃속의 잠재 능력은 무궁무진한데, 생각 여하에 따라 보물로 깨어날 수 있거나 사장死藏되니 "생각이 팔자다."라는 '말씀 한마디'에 눈이 버쩍 뜨였다. '생각이 팔자'는 지금까지 나의 신조가 되었다. 그로부터 나는 전공과목과는 다른 길로 가게 되었으니 그 말씀 한마디는 내 인생을 바꾸어 놓은 셈이다.

이목구비耳目口鼻가 느낀 바를 머리에 전달하면 헤아려서, 말하고 행동에 옮기는 게 아닌가. 해서 옛사람들은 보고, 듣고, 말하고, 행동함에 예가 아니면 하지 마라 하여, 1)사잠四箴을 만들어 경계토록 했다. 나쁜 마음을 갖고 말하거나 행동하면 괴로움이 따르고, 고운 마음으로 언행을 하면 즐거움이 따름을 일깨워주는 잠언箴言이다.

때때로 자기도 모르게 하는 말이 자기 성품을 나타낸다. 건성으로 듣고 쉽게 빈말을 하든가, 장황한 말로 듣는 자의 귀를 괴롭히면 남도 어그러지게 맞장구친다. 분노를 삼켰다 내뱉은 말에 뒷감당을 못 하니 길흉화복 모두가 말로 인한다. 그러니 말조심을 아니 할 수 없다.

칭호도 함부로 부를 수 없다. 조상들은 남아男兒가 성인이 되면 자字를 지어 부르고 족보에 올린다. 며느리 앞에서 아들 이름 대신 자字로 부르니 자연스럽다. 문중이 많은 집안에서 아들 이름을 부르다가 연세가 많으신 동명이인同名異人을 부르는 불경스러움을 피할 수 있으니 얼마나 슬기로운가.

아랫사람이라고 반말을 할 수 있지만 그렇지 않은 경우가 종종 있다. 그렇다고 존댓말을 한다는 건 어색할 수밖에 없다. 한데 하대下待와 존댓말의 중간인 반 존칭어 〈~하시게, ~하세〉란 화법이 있다. 명령어인 〈~하라〉를 〈~하시게〉'로, 권유어인 〈~하자〉를 〈~하세〉로, 의문사인 〈했느냐〉를 〈하셨는가〉로, 아랫사람이 물었을 때 〈~하겠네〉로 표현하니 절묘한 타협이다.

말 한마디로 분쟁을 일으키거나 친선을 도모하기도 한다. 외교관은 외교 전문용어를 수년간 공부해야 한다는데, 요즈음 외교 실태를

---

1) 四箴 : 정자程子가 시청언동視聽言動을 경계하기 위해 지은 네 가지 잠언箴言이다.

보면 살얼음을 걷는 듯하다. 선진국 외교 수장들의 재치와 유머 감각에, 함축되고 부드러운 말 한마디는 얄미울 정도다. 사뭇 계산된 말로 불필요한 문화충돌을 피하면서도 속내를 드러내지 않으니, 그야말로 말 속에 서슬이 퍼렇다.

어느 날 아침 식사 반찬 맛이 없었다. 예전같이 "반찬 맛이 왜 이래?"라고 하면 아내는 "맛없으면 먹지 말아요."라며 답할 듯싶었다. 그래서 "지금껏 반찬 맛이 별미였는데 내 입맛이 변했나?"라고 하니 아내는 얼른 "이런! 식자재 선도가 문제가 있는가 봐요."라면서 맛을 살폈다.

아침의 첫마디가 하루의 운세를 좌우하니, 상대방을 배려한 '말씀 한마디'로 어르신의 인덕을 쌓아야겠다. 이왕이면 아내와 함께 웃을 수 있는 상냥한 말씀 한마디로.

2019년 6월

나는 나를 내가 나를

요즘 들어 각본도 없고 대사도 없이, 무대에 등장하는 사례가 부쩍 늘었다. 관객이 없어 그런지, 연습도 없이 인생 2막 연극을 연출하고 있다. 자작극으로 주제가 자주 바뀐다. 예전의 주제가 '나는 나를' 이었는데, 요즘은 '내가 나를'로 바뀌었다. 육체 따로 신체 따로 실수를 연발한다. 감독도 주연도 내가 도맡아 하니 하단하는 비운의 배우 신세를 걱정 안 해도 된다.

어제 정거장에서 버스가 오기에 주머니에 손을 넣으니 "아, 불사!" 지갑이 없다. 승차 문이 열리자 버스 기사에게 가시라고 손을 흔들었더니 어서 집에 다녀오시라며 웃는다. 할 수 없이 되돌아와 살며시 문을 열고 지갑을 갖고 나왔다. 아내를 안 만났으니 천만다행이었다.

버스를 타고 다니면서 일어난 해프닝도 많다. 어느 날 서실에 도착하여 가방에서 수필집을 꺼내려는데 없다. 버스에서 수필집을 읽다 하차 벨을 누르고 그냥 내린 것이다. 모처럼 대전에서 선배가 부쳐준 수필집이었는데 난감했다.

그 버스는 두 정거장 지나 회차장에서 곧바로 돌아온다. 시간을 감안하여 정거장에 나가 기다리니 그 운전기사 버스가 온다. "책을 놓고 내려서 찾으러 왔습니다."라며 내가 앉았던 자리에 가니 수필집이 있다. 수필집을 찾으니 그렇게 기쁠 수가 없었다. 오만상 얼굴로 나갔는데, 온기가 남아 있는 수필집을 들고 서실에 들어서자 다들 용하다며 웃었다. 예정이 없었던 그날 저녁을 썼다.

나는 수족 냉증이 있어 겨울이면 외출할 때 장갑부터 챙긴다. 서실 책거리가 있어 곡차를 거나하게 들고 귀가했다. 다음날 외출하려는데 장갑 놓는 자리에 장갑이 안 보인다. 가방에도 옷 벗은 방에도 없다. 그 따뜻한 가죽 장갑은 지인한테서 선물 받은 것인데 어쩌면 좋으랴. 어이가 없었다.

할 수 없이 서랍에 쌓인 짝짝이 장갑을 꼈다. 오른손 장갑을 벗고 무얼 하다가 식당이나 버스에서 그냥 오니 서랍장에 왼손 장갑뿐이다. 둘 다 왼손 장갑을 꼈으니 누가 보면 꼴불견이다.

지난 주말은 집에서 수필 한 편을 완성하여 아내와 추어탕 집으로 가려고 짝짝이 장갑을 주머니에 넣고 나섰다. 수필을 쓰면 첫 독자가 아내다. 고개를 끄덕이지 않고 그저 "잘 썼네요."라고 하면 내용 수정을 거듭해야 한다. 이번 반응이 어떨지 조마조마하며 운전석에 앉아 왼쪽 주머니에 장갑을 꺼내니 장갑이 두 개가 나왔다. 오른쪽

주머니에서도 장갑이 두 개가 나왔다. "도대체 어떻게 된 거야."

그놈 곡차 때문에 집에 오자 오줌 보를 감싸고 화장실 갔다 와서 장갑을 주머니에 넣은 채 옷을 벗었는데, 잃어버렸다고 선물한 분을 생각하며 얼마나 내가 원망스러웠는지 몰랐다. 뿐만 아니다. 기억력을 도둑맞았는지 단축 다이얼 말고 개인 전화번호는 까마득하다. 노래방에서 자막을 안 보면 아예 노래를 부를 수 없는 지경이다. 편한 세상 탓이지만 망각의 나이로 내가 나를 실망케 하니 한심스럽다. 이러다가는 내가 나를 잃어버릴 것 같다.

선물 받은 장갑을 찾으니 버스에서 수필집을 찾았을 때처럼 기뻤다. 몸 따로 정신 따로 희비 속에, 자신을 믿지 말라며 지적확인을 체질화하여 무재해 달성 탑을 받은 시절이 떠오른다. 그때로 돌아가 버스나 식당에서 일어날 때는 필히 지적확인, 앉은 자리를 뒤돌아보기를 습관화하며 소지품을 애지중지 챙긴다.

오늘 일요일이라 아내가 경전 공부하러 법당에 갔기에 미루었던 수필 쓰기를 했다. 메모했던 노트를 펼치고, 컴퓨터 앞에서 자판기를 두드린다. 오후에 아내가 돌아오면 작성한 글을 보여주어 OK 이면 해장국집에서 저녁식사를 하려 하니 시원한 다슬기 해장국 냄새가 코끝을 스친다.

점심도 거르고 쓴 수필 한편이 완료되어, 퇴고 절차로 '맞춤법 통합 검사기'로 '문장 복사 → 검사하기'를 반복 검색하다가 무엇을 잘못 눌렀는지 원문이 사라졌다. '되돌리기'를 시도해도 원문은 번지

없는 휴지통에 버려졌는지 찾을 길 없다. 컴맹을 탈출했다 싶었는데 하루를 허탕쳤으니 안절부절못했다.

옥상 정자에 털썩 주저앉으니 자괴감이 밀려온다. 예전에는 '나는 나를' 믿었는데, 요즘은 실수를 밥 먹듯 하니 '내가 나를' 도무지 믿을 수 없다. "어떻게 하면 좋을까?" 하늘을 우러르니 구름이 태양을 가리며 "한 점 부끄럼 없이 자기를 사랑하라."라고 한다.

마음을 가다듬고 기억을 되살려 겨우 복원했다. 한데 문장을 출력하여 보니 억지로 쓴 신변잡기일 뿐이다. 실수로 사라진게 우연이 아니었다. 얼굴이 확 달아올라, 하루 종일 쓴 글을 스스로 휴지통에 버렸다.

어차피 인생은 미완성이니 다시 쓴다. 쓰다 지우고 쓰다 고치며 아름다운 글이 될 때까지 쓰자. 이 나이에 글을 쓸 수 있다는 게 얼마나 다행스러운 일인가. 무어 그리 급하다고 허겁지겁 할 까닭이 없다. 내가 나를 못 믿어 미워하면 나만 손해다. 나를 사랑해야겠다 자위하니 가슴에 훈풍이 분다. 진즉 이럴걸 그랬다.

다시 서문을 시작하려다 보니 벌써 저녁 시간이다. 배가 온통 남북전쟁이다. 내가 쓴 글을 보려 아내는 다슬기 해장국 식당으로 올 게다. 아내를 만나면 각본에 없는 자작극으로, 한 편의 수필 대신 뚱딴지같은 말로 "진정 나는 나를, 내가 나를 사랑한다."라고 말해야겠다.

2019년 〈창작수필〉 제113호

아름다운 사람들과 풍경

오늘은 고양 문인협회에 가입한 새내기로 문학기행에 참가하는 날이다. 문학기행 차는 '아름다운 여행' 리무진버스다. 기도한 탓인지 날씨가 쾌청하여 다행이라는 회장님 인사말로 문학기행이 시작되었다.

여객전무인 정다운 시인, 안명희 수필가와 이필선 인기스타 세분이 일사불란하게 음료수와 간식, 선물과 명찰을 제공했다. 회원님들께서 찬조한 따끈따끈한 백설기며, 찹쌀밥에 묵김치와 마늘잎 장아찌를 김에 싸 먹으니 푸짐한 아침이다. 정이 넘치는 문학기행에 오기를 잘 했다.

시간 가는 줄 모르며 오순도순 정담을 나누다 보니 11시, 목적지 단양에 도착하여 안명희 님이 사전 답사한 '홍연' 식당에 들어서니 식탁 차림새에 눈이 휘둥그레졌다. 초석잠 피클과 번데기, 도라지와 오징어무침, 시금치와 냉이 나물이 음식궁합으로 기를 죽이니 입안이 요동친다. 우렁이 강된장, 돼지 두루치기, 된장찌개가 등장하여 게걸스레 들었다. 입맛에 홀리니, 문학기행이 아닌 맛 자랑 기행에 온 것이 아닌가 싶다.

단양 관광 첫 코스로, 새롭게 관심과 각광을 받는 단양강 잔도殘道는 작년 9월에 개장한 1.3km 데크길이다. 잔도는 절벽 벼랑에 선반을 매달아 낸 길이다. 진입로는 기둥을 세워 만든 길이지만, 지상 20m 잔도는 바위 절벽을 따라 암벽에 구멍을 뚫어 선반 지지대를 설치하고 목판을 깔았다.

중간중간 철망길 사이로 강물을 내려다보니 어지러움을 느껴, 걸으면서 남한강과 소백산이 빚어낸 주변 절경을 본다. 관동팔경에 부채길을 더하여 각광 받으니, 뒤질세라 단양팔경 후속으로 사계절 경관을 함께하는 잔도를 설치했다.

잔도는 자연 그대로의 식물원 길이다. "숨어 있는 식물들을 찾아보세요."라는 표지판에 붉나무·고욤나무·물푸레나무·굴피·굴참나무·생강나무와 돌단풍·부처손·구절초가 표기되었다. 가면서 야생화를, 되돌아오면서 붉나무와 고욤나무, 생강나무를 찾기로 했다.

반그늘이 있는 곳에 이르러 돌단풍이 있을 법 하여 두리번거리니 아니나 다를까 펜스 너머 "돌단풍!"이다. 엊저녁에 간 식당 화분에 돌단풍 흰 꽃이 핀 걸 보고 "여기 돌단풍이 있네요." 하던 아내 얼굴이 떠오른다.

햇볕이 강한 곳보다는 반그늘에서 자라며, 비옥한 대지가 아니라

험한 절벽 바위틈에 흙만 있으면 뿌리를 내리는 돌단풍을 보니 왠지 강한 생명력을 느낀다. 돌단풍은 봄에 꽃이 피고, 가을에 붉게 물들어 돌을 단풍으로 채색한다.

다음은 부처님 손을 알현할 차례다. 절벽에 군락을 이룬 부처손을 만나자 나도 모르게 합장하며 읍揖 했다. 부처손은 오므린 잎 모양이 마치 주먹을 쥔 손 같다하여 붙여진 듯하나, 실은 한자명 보처수補處手에서 온 이름이다.

부처손은 엉킨 뿌리에서 곧바로 나온 가지가 습기가 많을 때는 사방으로 퍼지고 건조할 때는 안으로 말려 공처럼 되는 신비의 약초다. 얼어 죽은 듯하지만 봄을 맞으며 새파랗게 변하니 만년초, 불사초, 회양초라고도 한다. 중국인들이 본다면 산을, 아니 잔도까지 통째로 사겠다며 덤벼들 듯싶다. 무례하게!

봄 야생화를 보았으니 두리번거리며 가을에 꽃피는 야생화를 찾는다. 펜스에 구절초 명패가 있으나 선뜻 보이지 않아 자세히 살펴보니 반그늘 숲속에 새순이 올라오고 있다. 구절초는 어머니가 아버지를 위해 구절초 꽃에 사랑과 정성으로 국화주를 빚으시던 추억의 야생화니, 하늘을 바라보며 그리움을 마신다.

편도가 끝나 돌아가려는데 다음 코스로 간다기에 희귀목을 볼 수 없어 아쉬웠다. 절벽 진달래도 보고, 낙화유수 '느린 단양강' 위를 걸으며 글감을 얻었는데, 무슨 욕심을 더 부리겠는가. 하기야 희귀목은 아직 새순이 나오지 않았다.

버스를 기다리며 잔도를 바라보니, 받쳐주는 기둥 없이 절벽에 매달린 아찔한 선반 길은, 겁도 없이 걸어온 나의 인생 여정이다. 주위 분들이 떠받쳐주어 여기까지 안전하게 왔으니 글이라도 제대로 써서 보답해야겠다.

오후 3시, 충주호 청풍 1호 유람선으로 선상 관광을 했다. 단양팔경 제4경인 구담봉龜潭峰을 지날 때 절벽 거북 무늬가 물살에 어리고, 이어 제5경 옥순봉은 대나무 싹의 마디를 닮은 기암괴석이 즐비하다.

김윤식金允植 선생의 구옥고시龜玉古詩에 이르기를, "물귀신이 청파에 목욕하는데 송아지 뿔이 만길萬丈이나 뻗어, 단양 읍재邑宰 이황 선생이 단구동문丹邱洞門이란 일필로 진압했다. 하여 이름난 청풍 옥순봉을 단양에 예속시키니, 청풍 태수는 겨우 누대 하나만 차지하고 날마다 난간에 기대어 옛일만 생각한다."라고 했다. 귀신도 굴복시킨 문장의 위력을 전수받으려 그 일필을 찾았으나, 내가 선인의 경지에 오르지 않아서 그런지 보이지를 않았다.

하선하여 승차장에 이르니 민물 매운탕이 손짓한다. 쏘가리탕을 들면서 청풍명월을 읊었으면 좋으련만 미련을 남기는 것도 미덕이다. 귀가 도중 휴게소에 들렀을 때 천둥산 정상에 석양이 구름 사이로 붉게 비친다. 정다운 시인이 인증 샷을 놓칠 리 없다. 나는 버스에서 석양에 물드는 그녀를 카메라에 담았다.

'아름다운 여행' 버스로 시작하여 아름다운 사람들과 풍경의 어울린 문학기행이었다. 회장단의 자상한 배려와 선배님들의 후덕을 느꼈고, 덤으로 소중한 글감들을 얻어 기뻤다. "왔노라, 보았노라, 느꼈노라." 품위 있는 문우들과 교우하며 자연 풍광이 몸에 배어, 인품의 향기가 나는 듯하니 문학기행은 꼭 와야겠다.

2019년 〈고양문학〉 제51호

독자의 서신

환절기라 감기 환자가 많은 모양이다. 이럴 때일수록 몸을 따뜻하게 하는 도리밖에 없다. 더운물로 샤워를 하고, 따뜻한 잠자리에서 숙면을 했다.

꿈속에 오랜만에 소식도 없이 멀리서 친구가 찾아왔다. 우리는 홍시를 들며 만남을 기뻐했다. 꿈을 꾼 날은 항상 생각지도 못 한 일들이 일어나기도 한다. 책에서 본 듯한 내용 같기도 하고, 또 홍시는 무엇을 예시하는지 도무지 알 수 없다. 나이가 들어도 청운의 꿈을 기대하며, 외출했다 돌아오니 우편함에 편지가 기다리고 있다.

수신자는 아내가 아닌 나인데 발신인은 알지 못하는 분이다. 거실에 앉아 봉투를 개봉하니, 작년 출간한 '고욤나무의 꿈' 수필집을 읽으신 독자의 편지다. 문장이 예사롭지 않았다. 어젯밤의 꿈을 생각하니 "이럴 수가!" 싶었다. 하여 서신 일부를 소개한다.

[아내가 들고 온 한 권의 책, 수필집 표지에는 지금은 감나무에

주렁주렁 달린 홍시지만 언젠가는 잎 진 높은 가지에 매달린 채, 까치밥이 되기를 기다리는 감나무! 어쩌면 초등학생이 그린 듯한 청순함이 이 늙은이의 마음을 끌고 말았습니다.

저도 어릴 적에 아버지를 따라 '고욤나무'의 몸통을 자를 톱, 배를 가를 끌과 고욤나무의 껍질을 벗길 낫과 칼 등속의 연장 그릇을 들고 아버지의 명을 받들어 '월하' 감 접붙이는 일을 도왔습니다. 이제와 생각하면 모두가 잔인한 조력자였습니다.

제사상에도 오르지 못하는 비천한 고욤나무지만 그 어린 몸통을 잘리는 아픔을 숙명으로 받아들이는 살신성인으로 오늘날에도 조율이시의 법통을 이루게 하고도 "감나무 뿌리는 고욤나무인 나"라고 소리치는 걸 들어본 바 없으니 人不知而不慍이란 생각이 들어 고욤나무는 역시 '君子木'인가 봅니다.]

어젯밤 꿈을 유추해보면 친구를 만난 것은 독자의 편지고, 홍시는 책 표지의 감이다. "남이 알아주지 않아도 화를 내지 않는다."는 논어에 나오는 [1]'人不知而不慍' 문구인데, 독자는 고욤나무를 君子木으로 절묘하게 은유했다. 고욤나무 접목 방법과 비천한 고욤나무가 살신성인으로 잉태시킨 감으로 제사상의 법통을 이루게 하고 감나무 뿌리가 고욤나무 뿌리라고 소리치는 걸 한 번도 들어본 바가 없으니

---

[1] 有朋 自遠方來 不亦樂乎(유붕 자원방래 불역락호 : 친구가 멀리서 오면 또한 즐겁지 않은가.)
人不知而不慍 不亦君子乎(인부지이불온 불역군자호 : 남이 알아주지 않는다 해도 노여워하지 않는다면 또한 군자답지 않겠는가?) 논어 학이學而 편에 나온다.

君子木이라는 은유법에 그저 탄복할 수밖에 없는 글솜씨다. 마치 은혜를 베풀고 아무런 보답을 바라지 말라는 '시은물구보施恩勿求報 성어聖語'를 되새기게 하니 기가 막히다.

독자讀者는 작년에 받은 수필집을 읽고 뒤늦게 답신을 보내게 되어 송구스럽다고 하셨지만 곰곰히 생각하니 편지 한 통에 우회적으로 나를 깨우쳐 주심에 너무 고맙고 감사했다. 편지의 온기를 느끼며 가슴에 품으니 얼굴이 달아올랐다.

내 딴에는 쓰노라 한 수필이었는데 자괴감에 휩싸여 광풍을 맞은 격이다. 꼼꼼히 진즉 더 찾아보고 살펴 쓸 걸 후회막급하다.

나와의 대화이려니 하고 쓴 글을 발간하였을 때, 땀의 결실인 첫 수필집을 들고 스스로가 대견스러웠다. 문우들에게 "나도 수필집을 냈소."라며 지인들에게 자필로 서명하여 신고를 했다. 책 잘 받았다는 인사를 받았지만 수필 한 편이라도 정독하고 독자처럼 지류指謬하거나 "나라면 이렇게 쓰겠다." 식으로 제언하는 분은 없었다.

다른 독자들은 자존심을 건드릴까 봐 평을 삼갔는지도 모른다. 나는 그저 읽어 주는 것만으로 고맙게 생각할 뿐, 독자에게 흥미와 감동을 일으켰다고 자신 할 수는 없었다.

생각 같아서는 독자에게 달려가 체면 불고하고 한 편 한 편마다 지도를 받고 싶지만 그럴 수가 없으니 난감하다. 인생 후반전에 수필 쓰기를 반려자로 철석같이 믿었는데, 독자의 편지는 분명 따뜻한 경종警鐘이니 다시 초심으로 돌아가는 계기로 삼아야겠다.

글감을 찾아 주제와 소재에 어울리는 문장을 작성하도록 다독, 다상 하는 수밖에 없다. 자만에 빠져 많은 작품을 쓴들 무슨 소용이 있겠는가. 주옥같은 글이라면 책장에 보관하여 두고두고 탐독할 텐데, 휴지통에 버려지는 신세가 된다면 아찔하다.

독자 서신을 보내신 김종동 선생님께 감사 편지를 보내며, 다음 출간할 수필집을 꼭 부칠 것을 약속했다. 광풍이 한바탕 몰아치고 간 자리에 서서 하늘을 우러른다.

2019년 4월

포말泡沫이 추억을 토한다

　말복을 앞두고 고향을 찾았다. 횡계 IC를 나와 옛 영동고속도로 대관령 휴게소 전망대에 올라 동해를 바라보니 파도가 포말을 일으키며 밀려온다. 출렁이는 고향 바다, 짙은 청색 바다를 스치는 갈매기 소리가 들리는 듯하다.

　'대관령 옛길' 정상에서 사임당 시비를 대하니 다시 한 번 고향의 숨결을 느낀다. 곧장 경포대 솔밭 추어탕 집에 가서 점심을 들고. 넘실거리는 파도 포말泡沫이 이는 십리바위를 바라보며 추억의 길을 걷는다.

　높새바람이 지나가고, 마을에서 땡볕에 조밭과 논김을 맨 후 중복 무렵에 천렵을 갔다. 고3 여름방학 때 마을 어르신들이 사근진 솔밭에 솥을 걸고, 장정들은 늪에서 미꾸라지를 잡거나 바다에서 조개를 주웠다.

　일요일이라 천렵에 합류했다. 초등학교 시절 학산 용소에서 물장

구질을 시작으로, 중학교를 다니며 회산 흑소에서 자맥질을 익혔다. 복식호흡 휘파람을 배우며 폐활량이 늘었으니 물속에서 오래 머무를 수 있었다. 바다에서 처음 수영을 할 때 찰랑거리는 파도에 익숙지 못해 물을 먹었지만 금세 터득했다.

남항진 바다에서 수영을 익혀 나보다 한 수 위인 K군은 섬을 점령하자고 했다. 모래벌판에서 바다를 보면 가까운 바위가 '오리바위'이고, 먼 바위가 '십리바위'다. 오리바위는 오리 같이 생겼다하여 붙여진 이름이며, 해변에서 250미터쯤 떨어져 있고 뒤에 있는 바위는 십리바위인데 600미터 정도의 거리다.

처음은 오리바위까지 가서 쉬다 돌아왔다. 다음은 왕복을 하면서 담력과 자신감을 키운 후 십리바위에 도전했다. 자유형으로 헤엄을 치다 힘이 부쳐 배영을 하면 두둥실 뭉게구름이 동행했다. 평영으로 앞을 바라보면 하늘과 바다가 맞닿은 곳에 십리바위가 있었다. 까까머리 우리는 십리바위를 점령했다.

십리바위는 해산물 보고다. 십리바위를 갈 때는 삶은 고구마와 장갑, 칼을 준비한다. 바위 주변에 해초가 파도를 타며 몸을 감으면 기겁을 한다. 잠수를 하여 살피면 바위 사이 섭(홍합)과 지누아리, 성게가 지천이다.

섭이나 전복을 채취할 때는 칼로, 달라붙은 곳을 단번에 도려내야 한다. 실패하면 바위처럼 굳어 채취는 어렵다. 배가 고프면 짭조름하게 간이 밴 고구마와 성게 알을 먹고, 채취한 지누아리와 섭은 수영복 주머니에 넣어 돌아왔다.

2시까지는 산바람이 바다로 불어 파도가 잔잔하다. 2시 지나면 해풍이 육지로 불며 파도가 인다. 해수 온도는 변화가 없는데 육지가 햇볕을 받아 온도가 올라가면 기압 차이로 바람 방향이 달라진다. 2시 전에 십리바위에서 돌아오다 쥐가 나면 수영복에 꽂은 핀으로 침을 놓아 경련을 풀었다.

마을에서 천렵하는 날. 십리바위에서 채취한 해산물로 마련한 음식은 푸짐했다. 지누아리 섭국과, 지누아리 무침은 별미였다. 그간 연마한 실력으로 마을 분들에게 채취한 해산물로 성인 신고식을 치른 셈이다. 풍류 소리를 듣지 못 하고 일어나자, 십리바위 파도성이 들린다. "훗날 예기치 못 한 일이 생기면 반드시 성인 몫을 하시오."

군 시절, 휴가 중에 경포 해수욕장에 바람 쏘이러 도착하니 오후 2시였다. 모래벌판에서 십리바위를 응시하다, 섭을 채취하던 생각에 잠기니 당장 물에 들어가고 싶었다. 수영복을 가져올 걸 후회했다.

2시가 넘자 파도가 일기 시작했다. 남들은 나오는데 튜브를 타던 처녀가 점점 멀어져 가는 게 아닌가. 파도가 그녀를 삼키니 튜브를 안고 살려달라고 몸부림친다. 어느 누구도 구조할 엄두를 못 내고 발만 동동 구른다.

군인정신 발로였던가. 나도 모르게 군화와 옷을 벗고 바다로 뛰어들었다. 파도를 뚫고 접근하자 죽음의 공포에 휩싸인 그녀는 튜브를 버리고 나를 향해 달려든다. 잡히면 둘 다 물귀신 될 운명이다. 주위를 한 바퀴 돌고, 그녀 뒤에서 잠수하여 발목을 잡고 바다 밑으로 끌어내렸다. 빈사瀕死 상태가 될 때까지 물을 먹였다. 발목을 놓자 그녀는 떠올랐다.

수면 위로 올라가 심호흡을 하려 하니 그녀는 파도에 밀려 저만치 떠내려간다. 혼비백산, 다시 접근 잠수하여 발목을 당겨 물을 먹였다. 주인 잃은 튜브는 홀로 넘실거릴 뿐, 살려달라는 목소리는 사라지고, 그녀는 떠올랐다 가라앉기를 반복하니 바라보는 일행의 심정은 어떻겠는가!

물 먹은 몸은 튜브였다. 몸을 눕히자 산발한 머리가 나를 휘감을 것 같아 발목을 잡고 잠영으로 해변으로 밀고 나갔다. 해변에 다다르자 파도에 휩쓸려 몸을 가눌 수 없었다. 엎어지며 모래 물을 엄청 먹었다. 일행이 그녀를 끌어내어 물을 토하게 하고 인공호흡을 했다. 나는 기진맥진하여 토하고 쓰러졌다.

훗날 나의 이름을 명찰에서 보았는지 수소문하여 그녀와 남자 친구가 부대로 찾아와 신세를 졌다며 머리를 조아렸다. 잊지 않고 찾아왔으니 고마웠다. 그때 내가 붙잡혔다면 물귀신이 되었을 텐데, 살려 주어서 고맙다고 하니 한바탕 웃었다. 친구랑 바다에 들어갈 때는 반드시 구명조끼를 입으시라며, "하마처럼 배가 불러 보았으니 슬하에 자녀가 많아 다복한 가정을 이룰 거라." 너스레를 떨자 용궁에 다녀온 그녀 얼굴은 홍당무가 되었다.

쏴아~ 철석, 스르르….

파도가 포말을 일으키며 밀려왔다 빠지는 모래 위를 걸으니, 포말이 다시 밀려와 발목을 휘감다 물러서며 발자국을 메운다.

십리바위의 파도와 갈매기 소리는 여전한데, 물 하마 그녀는 어느 하늘 아래서 삶을 이어가고 있을까! 추억이 가슴으로 밀려와 부딪치고 부딪쳐 포말이 된다.

2019년 8월

개나리 꿈을

행주산을 끼고 자유로로 진입하는 길목에 개나리가 봄의 서곡을 연주한다. 매년 피는 개나리라 그냥 지나쳤는데 오늘따라 개나리 눈길이 예사롭지 않다. 한강 공원 개나리가 자태를 뽐내고, 난지도 개나리도 팡파르를 울리니 봄기운이 천지에 퍼진다. 자유로를 오가는 사람들에게 소망의 꿈을, 허기지고 고달팠던 사람들에게 희망과 꿈을 주었던 개나리의 합창이다.

철부지 시절, 들녘에 아지랑이가 피어오르면, 개나리는 윗도리에 노랑 저고리를, 손에는 황금봉을 쥐고 봄소식을 전한다. 들녘에 퍼지는 워낭소리를 들으며 봄 처녀들은 냉이, 달래, 꽃다지를 캐 바구니에 담는다. 때마침 병아리들이 봄나들이 나섰다가 개나리 울타리에서 개나리를 물고 들락거리며 숨바꼭질한다.

이웃에 마음씨 착한 벙어리 '영달' 형이 있었다. 우리 집에 자주 와 손과 몸짓으로 말을 하니, 보는 나로 하여금 속이 타게 했다. 어느 날 내 손을 이끌어 냇가로 가니, 싱싱하게 자란 가지에 곱디고운 황금색 개나리가 만발했다.

영달 형과 산죽山竹을 다듬고 노끈으로 엮어 만든 고기잡이 삼태기와 갈퀴, 주전자를 들고 고기 잡으러 나섰다. 농수로 물꼬나 실개천의 바위틈, 수초가 우거진 곳이나 개나리 덩굴 아래 고기가 많이 서식했다.

지금은 희귀종인 용고기(쌀미꾸리)는 미꾸라지처럼 진흙 속에서 살지 않고 일급수에만 산다. 주전자에 개나리꽃을 따 넣고 고기잡이를 시작했다. 영달 형은 용고기가 있을 만한 데 삼태기를 대고, 나는 바위를 일구고 갈퀴로 훑으며 고기를 몰아간다. 삼태기를 들면 일타 10매다. 수초가 있는 곳을 훑으니 더 많이 잡힌다. 산죽 삼태기는 물이 잘 빠져 고기 잡는데 안성맞춤이다.

개나리 넝쿨 아래를 훑고 밟으니 삼태기에 물 반, 고기 반이다. 개나리 향기를 맡으러 왔다가 봉변을 당해 울상인 줄 알았는데 주전자에서 개나리를 만나니 꿈인가 생시인가 서로 춤을 춘다. 주전자가 넘쳐 모래 웅덩이를 만들어 용고기를 가두었다.

언제 왔는지 윗집 꼬마 순이가 웅덩이에 개나리꽃을 던져 용고기가 펄쩍펄쩍 뛰니 고사리 손뼉을 친다. 두 번 세 번 개나리 숲을 훑어도 고기가 계속 잡힌다. 발 주위를 맴돌던 고기가 물 위에 뜬 개나리꽃을 물고 줄행랑을 친다. 고기 씨를 말릴 성싶으니 그만 잡자고 영달 형이 허공에 손으로 원을 그렸다.

삼태기에 웅덩이 용고기를 옮기고 개나리꽃을 듬뿍 넣으니, 용고기들이 신났다. 전에 바구니나 채로 고기를 잡다 거덜 내서 혼난 적이 있었는데, 산죽 삼태기로 물고기를 잡았으니 야단 들을 걱정은 없다. 윗도리와 바지가 졸랑 젖었지만 우리는 의기양양한 개선장군이었다.

순이에게 개나리꽃을 꺾어 한 다발 안겨주니 사뿐사뿐 집으로 가고, 나는 형이 이끄는 대로 눈먼 할머니 댁으로 갔다. 싸리문을 열고 나더러 할머니를 부르라 한다. 할머니는 6·25 전쟁으로 아들을 잃고 너무 울다 그런지 실명하여, 지팡이에 의지해 주위를 다니신다.

빈 항아리에 물을 채우고 개나리를 꽂으니 할머니가 연신 꽃향기를 맡으신다. 아들이 좋아했던 개나리의 황금색이 눈 언저리에 피어오른다. 할머니 며느리에게 용고기를 건네자 이 또한 아들이 좋아했던 용고기가 아닌가.

삼태기에 남은 용고기를 영달 형 집에 놓고 우리는 집으로 왔다. 어머니가 용고기에 개나리꽃을 함께 비벼, 향이 몸에 배게 했다. 비린내 안 나는 용고기 탕을 영달 형과 온 식구들이 함께 들었다. 향긋하고 담백한 맛에 홀려 이마에 땀이 장대비 오듯 해도 숟가락을 멈추지 않았다.

개나리가 지자, 노란 색종이로 '개나리꽃 접기'를 하여 개나리꽃이 다시 피니 가슴이 설렜다. 색종이 개나리를 순이한테 주려고 몇 번이나 갔다 왔다. 순이는 개나리를 저고리 고름에 꽂고 다니니 더욱 예뻤다. 개나리는 설레임의 꽃이었는데, 순이네가 이사 가서 꼬마 아가씨 순이를 다시 볼 수 없어 서운했다.

50년 지난 초가을, 왕산 계곡에 들렀다 다리를 지나가는데, 하산하며 얘기를 하던 그늘 모자를 쓴 한 아주머니가 "오라버니!"라며 달려온다. "철이 오라버니시죠? 옛날 개나리 꼬마 순이예요."라고 하니 도무지 믿기지가 않았다. "정말 순이신가요?" 앳된 얼굴은 아니지만 반달 눈썹, 해맑은 눈동자는 옛 모습 그대로다. "어제 개나리 꿈을 꾸었는데 오라버니를 만날 줄이야!" 누가 보든 말든 내 손을 잡고 기쁨의 눈물을 흘리니 나도 눈시울이 붉어졌다.

그간 어떻게 지냈느냐며 묻기도 하고, 개나리꽃 사연을 얘기하며 헤어질 줄 모른다. "개나리가 필 때면 늘 오라버니가 떠올랐어요, 개나리는 소원을 이루게 한다는데 맞는가 봐요."라며, 송이 마을 부녀회장 순이는 갓 딴 송이를 한 바구니를 준다. 먼발치 아내가 와서 "아름다운 인연이시네요." 인사를 하자, 모처럼 만났으니 집에 하루라도 묵으라고 하지 않는가. 아! 개나리는 그리움과 정을 나누는 꽃인가. 옛적 맡았던 개나리 향이 석양을 향해 피어올랐다.

개나리를 본 탓인지 고목인 이몸에도 생기가 돈다. 개나리는 희망의 꽃이라니, 색종이로 개나리 꿈을 접기로 하자! 외손자 '희우'를 위해 색종이를 접는다. 손이 굳었지만 느릿느릿 몇 번 하니 된다. 접고 오므리며 구부려 만든 작은 꽃을 나무줄기에 하나하나 꽂으니 아름다움이 더해지고 즐거움이 커진다.

거실에 활짝 핀 개나리가 희우가 오기를 기다리고, 나는 날마다
희우의 소망이 이루어지는 꿈, 개나리 꿈을 꾼다.

2019년 〈고양문학〉 제51호

제5장
숲속의 춤판

그곳의 나무 公子

　　내일은 산림문학에서 봉화 국립백두대간 수목원과 울진 금강송 군락지를 탐방한다기에 자못 들뜬 기분이다. 백두산 호랑이도 만나고 목공님들을 볼 수 있을 테니까. 잠자리에 들려는데 일산에 사는 산림문학회원의 전화다. 자기 대신 울진의 1)'황장목黃腸木'을 꼭 보고 오라 하니, 2)나무공자 중에 최상 대접을 받는 황장목을 꼭 뵈어야겠다.

　　홍릉 산림과학원을 출발하여 봉화에 도착하자 수목원을 찾았다. 한국 최대 수목원이다. 입장관 정원의 반송岬松이 팔을 벌려 우리를 반기고, 마가목의 탐스런 열매가 꽃 대신 마중한다.

---

1) 황장목黃腸木 : 재질이 단단하고 야무진 소나뭇과의 금강송金剛松으로 속살이 사람의 창처럼 누런 황색을 띤다 하여 황장목이라 부른다. 수령이 250년 넘으면 나뭇가지 옹이 나무속으로 들어가서 표피는 매끄럽다. 임금의 관곽棺槨이나 재궁梓宮, 궁궐 목재로 사용된다. 숭례문 복원 목재로 쓰였다.
2) 나무공자 : 소나무 송松 자字를 풀이하면 木+公이다. 나무 공자로 불리는 나무가 소나무다.

해설가 안내로 둘레길을 돌아오는 곳에 나의 눈길을 끈 곳은 가리왕산 나무 이식처다. 평창동계올림픽 경기장 건설로 이곳으로 이주당한 소나무다. 훤칠했던 장송은 안 보이고, 키 작은 소나무는 서식처가 아니니 몸살을 앓느라 초췌한 모습이다. 동계올림픽이 끝났건만 돌아갈 수 없는 처지니 안쓰러웠다. 다행히 여기 산림인들이 정성껏 돌보고 있으니 하루빨리 적응할 것으로 믿었다.

수목원 마지막 코스가 백두산 호랑이 공원이다. 얼마 전 과천대공원에서 이주해온 백두산 호랑이 암수 두 마리로, 한 마리는 널따란 바위 위에 드러누웠고 한 마리는 그 주위를 어슬렁거린다. 백두산 적송 아래 설산을 질주하며 포효했던 호랑이가 아닌가. 민족의 기상을 상징하는 백두산 호랑이를 대하니 가슴이 뭉클했다. 도시에서 이곳 백두대간 산자락으로 이주해왔으니 천만다행이다.

봉화에서 울진으로 이동하면서 일제 때 춘양역을 통해서 수탈당했다 하여 춘양목이라 불리는 적송을 많이 볼 수 있었다. 이 적송은 내가 보았던 백두산 미송, 치악산 적송, 노추산 모정탑 진입로 적송, '대관령 옛길'과 삼척 준경묘 일대 적송과 다를 바 없는 백두대간 소나무 공자들이다.

2일차 탐방은 울진 금강송 군락지다. 아침 계곡을 따라 아름드리 적송들이 피톤치드를 발하니 솔바람 타고 코끝에 와닿는다. 탐방로 주변에 솔방울에서 태어나 쑥쑥 자란 후예들이 품어낸 솔향기는 생긋하다.

산마루에서 내려다보니 온산이 금강송 군락지다. 수령이 많은 금강송은 모두 황장목이겠지 생각했지만 나무를 베어야 속살을 볼 수 있으니 난감했다.

하산하여 버스 정류장에 도착하자 황장목 안내실이 눈에 번쩍 띄었다. 안내실에 들어가니, 황장목 설명문과 250년 된 토막 낸 황장목이 진열되어 있었다. 횡재를 만난 듯했다.

나무 속살은 문자 그대로 누런 황색을 띠었고, 나뭇가지 옹이가 속살에 들어가서 나이테가 촘촘히 휘어졌다. 상처 없이 뱃속으로 거두어들였고 송피엔 흉터가 없었다. 불가사의不可思議 하고 신비롭기만 했다.

우리 집 뒷산은 증조할아버지 때부터 소나무가 울창한 가산家山이었다. 해방 전에 아버지께서 솔방울이 굵은 적송인 장송長松을 군데군데 남기고 벌목을 했단다. 벌목한 자리에 솔방울에서 태어난 어린 소나무들이 적송을 바라보며 자랐다. 장송을 남겨놓은 이유다.

초근목피草根木皮 시절이라 나는 낫으로 아버지께서 간벌 표시한 소나무의 껍질을 벗겨 송기松肌를 먹었다. 야들야들했다. 어느 날 어머니께서 송기떡을 해야겠으니 송기를 해 오라 하셨다. 간벌할 소나무에서 송기를 채취해야 하나 가까운 집 뒤 적송의 껍질을 벗기니 두툼한 속살 송기여서 금세 바가지를 채웠다.

그 소나무는 할아버지 때부터 황소를 맨 적송으로, 황소들이 비벼대고 잡아당겼으니 이겨내기 위해 뿌리가 깊고 튼튼하게 자란 적송이다. 차가운 겨울눈이 내려 밤새 솔잎에 고드름이 열리면, 장대로 털어 솔향이 물씬한 수정 고드름을 입에 넣어 '으드득 으드득' 깨어 먹었던, 아버지께서 나무 공자라 칭하신 소나무, 木公이다.

며칠 후 송기를 채취한 자리에 끈적끈적한 송진이 맺힌 흉터가 생겼다. 보기 민망한 흉터가 생겼으니 아버지의 꾸지람을 들은 건 물론이다. 잠자리에 들면 적송 흉터가 나를 내려다보았다. 그해 뒷머리에 상처로 흉터가 생겼다. 공자의 몸에 흉터를 남겼으니 공교로운 것이 아니었다. 까까머리 흉터로 학교 다니면서 얼마나 스트레스를 받았는지 모른다.

결혼한 지 30년 후 아버님 기일에 적송을 보니 송담松墻이 갑옷 같은 송피에 침을 박으며 몸통을 싸고 올라가 흉터는 가려져 보이지 않았다. 머리를 기른 나처럼. 오죽하면 적송이 송담을 불렀겠나 싶었다. 하나 기생식물 송담이 자랄수록 적송은 고사枯死 하기에 어쩔 수 없이 송담을 제거하기로 했다.

조마조마한 마음으로 송담 줄기를 끌어내리는데, 송곳 흉터는 아물어 분간할 수 없었다. 이게 무슨 조화란 말인가. 그간 죄책감에 헤맸는데 불경죄를 벗어나는 듯했다. 내가 오기만을 기다린 적송이 고맙고 대견스럽기만 했다. 이 공자 나무 木公에게 꽃을 안겨주고 싶었다.

하여 능소화를 구입하여 그 적송 아래 심었다. 2년 후에는 꽃이 필 거라 했는데, 껍질을 타고 흉터 났던 곳으로 올라갈 뿐 감감무소식이다. 6년이 지나도 꽃이 피지 않아 애가 탔다. 꽃이 필 때쯤이면 큰 아주머니한테 먼저 능소화의 안부부터 묻는다. 7년째 되는 초여름, 꽃이 피었다는 낭보가 왔다.

예의 그 木公을 찾아뵈니 능소화가 그 흉터 자리에 꽃을 피웠다. 감개무량했다. 아, 어사화御史花로다! 그해 큰집 장조카는 송고 버섯 재배 창업에 성공했고, 장손 자는 취업이 되었으니 어사화가 필만하다. 그곳 木公이 우리 집안을 보살펴 주었다. 백두대간 木公님들이여, 배달겨레를 굳건히 지켜주소서.

2019년 〈산림문학〉 제33호

느티나무 그늘

상쾌한 날씨, 심학산 팔각정에 오르니 시원하다. 김포평야는 벼이삭이 물결치고, 자유로는 임진각으로 향하는 자동차 행렬이 꼬리를 문다. 무더웠던 여름을 잊은 채 심학산 바람에 가슴을 식힌다.

산 아래, 친구가 경영하는 농원 '석경원' 연리지 느티나무가 곱게 단풍이 들었다. 가을이 가기 전에 무슨 할 말이 있는지, 느티나무 그늘로 오라고 손짓한다. 둘레길을 돌고 석경원에 이르러 친구에게 인사를 하니 느티나무가 낙엽을 떨어뜨린다. 밑동 가지가 어깨동무 한, 수령이 이백 살 넘은 연리지 느티나무로 예의 느티나무 그늘을 연상케 하는 정자나무다.

봄이면 뒤늦게 가지마다 일제히 새순이 나고 늦가을엔 한꺼번에 낙엽이 떨어지는 연리지 느티나무를 볼 때마다 느티떡 먹었던 고향 시절이 눈에 선하다.

내 고향 느티나무는 봄 늦게 가지마다 순을 틔우며 티를 낸다. 사월 초파일을 앞두고 느티나무 여린 잎을 채취하여 느티떡 송편을 빚는다. 어머니께서는 시주 쌀을, 나는 느티떡을 싼 보자기를 들고 이십 리 길 '칠성암'을 가다보면 단오 전이라 느티나무 그늘 아래서 '호미씻이한 날' 마을 행사가 열렸다.

중학교 시절, 학교에서 집에 오는 길 중간인 '내곡동'에 느티나무 두 그루가 50m 간격으로 양조장과 정미소 앞에 우람하게 자리하여 마을의 수호신으로서 사랑을 받는 나무다. 느티나무 둘레로 평상이 있고, 느티나무 중간에 두레박 우물이 있다.

나는 하학 길에 느티나무 그늘 평상에서 장에 가신 어머니를 기다리며 도시락 대신 두레박 물로 허기를 채운다. 그늘이 드리운 평상이 나의 책상이다. 숙제가 끝나면 졸며 단어를 외우다 잠에 빠졌을 때, 잎 사이로 굴절된 햇살이 얼굴에 비쳐 간지럽다. 언제 오셨는지 어머니께서 잠에 곯아떨어진 나를 깨우시면 눈을 비비다 어머니 손을 잡았던 그 연두색 그늘이 그립다.

매일 하학 길에 그곳에서 공부하다 보니 양조장과 정미소 주인아저씨를 만난다. 숙제에 몰두하여 언제 오셨는지 몰라 인사도 못 드렸지만 아저씨들은 늘 따뜻하게 대해 주셨다. 두 아저씨께서는 방해가 될까 봐 건너편 느티나무 그늘에서 쉬다가 돌아가셨다. 책가방에 도시락이 없는 걸 아시고 정미소 아저씨는 누룽지를, 양조장 아저씨는 주먹밥을 주시곤 하셨다. 물을 많이 마셨던 탓인지 주먹밥과 누룽지를 먹고 나니 배 속에서 '꼬르륵' 전쟁을 했다.

다음 날 어머니께서 장에서 참외를 팔다 남긴 개구리참외로 두 아저씨에게 보답하셨다. 가끔 버섯이나 등겨에 담근 단무지를 장에 가시며 드렸다. 하니 보은의 정은 느티나무 그늘에도, 사람 가슴속에도 있었다.

형님 둘이 군에 가니, 일손이 모자라 앞 동네 노부모를 모시는 총각 '재갑' 형이 1)사경으로 쌀 세 가마니로 하여, 낮에만 일하는 우리 집 머슴살이를 했다. 그해 여름 장마가 오래되어 밭·논농사를 망쳤다. 타작한 벼를 정미소에서 도정을 해보니 싸라기가 열 가마니이었다. 정미소 아저씨는 쌀가게를 겸하고 있어, 아버지는 싸라기 다섯 가마를 정미 세 가마니로 바꾸었다. 사경 쌀은 정미로 주어야 했기 때문이다. 싸라기 쌀은 양조장에서 쓸 수 있어 정미소와 양조장 아저씨한테 사정하여 이루어졌다.

그날 밤 재갑 형이 사경 쌀을 갖고 갔다가 밤에 쌀 한 가마니를 지고 우리 집에 도로 갖고 왔다. "식구가 많은 집이 무얼 먹고 사냐?"라는 노부모의 말씀대로 갖고 온 것이다. 어머니는 갸륵한 마음에 눈물을 흘리셨고, 재갑 형도 눈물을 흘렸다. 그날따라 마당 독에서 썩은 감자를 우려내는 냄새가 코를 찔렀다. 훗날 어머니께서 재갑 형을 중매를 서서 그 형은 부지런한 농부로서 단란하게 살았다.

느티나무 그늘 아래서 정미소 쌀가게 아저씨와 양조장 아저씨가

---

1) 사경 : 머슴이 주인에게서 한 해 동안 일한 대가로 받는 돈이나 물건.

입씨름을 한다. "올해는 흉년이니 쌀을 팔 때 말[斗] 위의 쌀을 깎지 말고 좀 수북이 담아주시구려. 이 깍쟁이야." "예끼 이 사람아. 임자는 술 팔 때 도수를 맞춘다고 물 타지 말고, 술통자나 가득 채우시게." "허, 이 사람 생사람 잡네그려." 흉년으로 두 분 다 걱정이 태산이다.

먹을거리가 부족하니 어머니는 장에 갔다 오시며 지게미와 등겨를 구해 오셨다. 등겨를 채에 곱게 쳐서 싸라기 등겨 죽을 쑤셨다. 덕분에 우리는 고소한 영양 죽을 들었다. 지게미는 쉰 감자와 끓여 어머니께서 드셨다. 그러니 어머님이야말로 조강지처糟糠之妻이셨다. 어머니는 매일 양조장과 정미소에 들러 등겨와 지게미를 구해 오시니 두 아저씨는 몹시 안타까워했을 것이다.

어느 날 정미소 아저씨가 목에 난 종기로 거동이 불편한 걸 어머니께서 보셨다. 다음날 어머니께서 약방에서 '이명래 고약'을 사 아저씨에게 드렸다. 며칠 후 완쾌된 아저씨는 종기 근根을 빼는 데는 고약이 최고라며 좋아하셨다.

정미소 아저씨의 종기가 낳자, 양조장 아저씨는 탁주에는 단무지 안주가 최고라며 느티나무 그늘에서 정미소 아저씨와 함께, 오가는 사람들에게 막걸리 인정을 베푸니, 느티나무 그늘은 자신 만을 위해 드리운 그늘이 아니었다.

석경원 느티나무 연리지에 걸터앉아 환담하는데, 단풍잎이 햇살과 그림자놀이를 한다. 느티나무 그늘에서 배와 대추를 맛보다 중학 시절의 주먹밥, 누룽지, 등겨 죽이 눈에 삼삼하다.

집에 가려하니 친구가 바구니에 감, 대추를 담아 준다. 햇볕에 그을린 친구의 얼굴은 인정 많은 정미소, 양조장 아저씨 모습이다. 연리지 느티나무에게 귀가 인사로 읍揖 하니 곱게 물든 낙엽이 옷깃에 떨어진다. 가다 돌아보고 또 돌아봐도 석양을 받은 느티나무 그늘이 자꾸 나를 따라온다.

2019년 〈산림문학〉 여름 제34호

나무 이발사

한 달에 한 번씩 이발과 염색을 한다. 수염은 매일 깎는다 치더라도 머리는 왜 그리 빨리 자라는지 염색이 바래고 텁수룩하니 보기 흉하다. 이발소가 멀리 떨어져 있어 시간을 절약할 겸 동네 미장원에 가보기로 했다.

머리를 미용사에게 맡기고, 거울에 보이는 미용사의 얼굴을 빤히 보기가 그래서 눈을 감았다. 할아버지를 신세대로 만들려 했는지 가위 놀림이 예사롭지 않다. 눈을 뜨니 아뿔싸! 머리를 너무 치켜 깎았다.

염색을 하고 비닐 모자를 뒤집어쓴 채 소파에 앉아 기다리는데 아주머니가 머리하러 들어온다. 머뭇거리다 의자에 앉아 미용사에게 주문사항을 늘어놓는다. 나는 다만 염색은 자연색으로 해 달라 했을 뿐 머리는 미용사에게 맡겼는데 아주머니는 주문사항이 많았다. 머리를 최종 손질을 하기까지 거의 한 시간 반이 걸렸다. 내 머리 염색은 잘 되었으나 머리 스타일이 난감했다. 그 후 두 달간 모자를 쓰고 다녔으며 그 미장원에 다시 가지 않았다.

내일은 전지하는 날이라 아침 일찍 일어나 이발하러 사우나에 갔다. 이발사와 담소하며 이발 · 염색을 하고 집에 오니 새사람이 되었다 한다. 내일 전지하러 갈 거라 하니, 전지를 잘할 수 있을지 아내는 걱정이 되는 모양이다.

조경사들이 가로수 가지치기를 한다. 표지판과 건물을 가려 불편했는데 전지를 하니 시야가 확 트인다. 높은 건물이 조망을 가리면 주민들은 얼마나 답답할까.

철원읍 금강산로에 위치한 고향 선배님의 전원 별채에서 만나기로 했다. 온종일 어떻게 하면 전지를 잘 할까 하는 생각뿐이었다. 이발 품앗이를 자청했지만 자격증도 없는 돌팔이 격이라 혹 누가 될까 염려스러웠다.

토요일 아침 8시, 같이 가기로 철석같이 믿었던 아내는 밤잠을 못자 어지럽다 하니, 할 수 없이 함께 가기로 약속한 강선생을 만나 자유로로 출발했다. 자유로 당동 IC에서 적성까지는 아침이라 그런지 도로를 전세 낸 듯 달렸다.

강선생은 초행길이라 감탄 만발이다. 도착하기까지 한 시간 반 걸렸다. 별채는 의정부에서 사시는 선배님께서 집필을 위해 마련한 아담한 조립식 건물로 내가 전원주택이 아닌 별채라 부른다. 현관문이 안 열려 읍내 철물점에 들렀다 온다는 선배님 전화에, 집 둘레를 한 바퀴 돌며 살폈다.

넝쿨을 뒤엎어 쓴, 산발한 집시 같은 울타리부터 손을 봐야 했다. 어디서 알고 날아왔는지 울타리 안팎에서 솟아나, 별채 주인이 무슨 작품을 쓰는지 보려고 기를 쓰며 기어올라 헝클어졌다. 머리채를 잡아당겨도 끄떡없어 할 수 없이 낫을 든 이발사가 되었다. 양갓집 규수라면 그렇게 다루지는 않았을 게다.

낫으로 베고 잡아당기자 넝쿨 속에서 어린 나무가 나타났다. "휴! 살았다." 하며 기지개를 편다. 작년에 심었는데 넝쿨 속에 자라지 못했던 것이다. 어느 정도 자랐더라도 넝쿨을 감당하지 못할 테니 땅이 녹으면 울타리와 떨어진 곳에 옮겨 심어야 할 듯싶었다.

울타리 넝쿨을 제거하고 본격적으로 전지해야 할 집 뒤 나무 앞에 섰다. 여섯 그루 뽕나무다. 뽕나무도 집주인이 쓴 글이 궁금했는지 창문 쪽으로 가지를 뻗었다. 별채에서 명작 소설이 탄생했으니 그럴 만도 하다.

품위 있는 나무 모양새를 그리며 세비야의 이발사로서 나무 이발을 시작했다. 사다리에서 전지가위로 원줄기 상투를 싹둑싹둑 자른 다음, 높이에 맞추어 가지를 자르는데 언제 오셨는지 "더 잘라요." 하신다.

오디 딸 적에 상처 입지 않도록 잔가지를 매끈하게 다듬고 나뭇가지는 싹눈을 고려해 잘랐다. 나에게 온몸을 맡긴 뽕나무가 아닌가. 단골 이발사가 그랬듯이, 자르다 물러나서 모양새를 보고 정성껏 단발머리 하듯 다듬었다.

뽕나무 다음에 자작나무를 손질했다. 이웃 농사에 폐가 가지 않도록 울타리 밖으로 뻗은 나뭇가지를 제거하니 이발 끝! 그동안 강선생은 전지한 뽕나무 가지를 잘게 잘랐다. 울타리며 나무들이 말끔히 단장하였으니 이만하면 돌팔이 조경사는 면한 듯싶었다. 품앗이 이발이 끝나자 도랑치고 가재 잡듯이, 전지한 뽕나무 가지를 잘라 박스에 담아 차에 실었다.

바람이 통하는 울타리, 깔끔하게 손질한 나무를 둘러보고 선배님은 몹시 흐뭇해하셨다. 벌써 한 시, 동성 읍내로 가며 강선생이 "조선생, 본업이 뭐요?" 묻는다. 나의 수필집에 작품 감상 원고를 게재한 선배님은 내가 환경친화 경영을 위해 나무를 가꾸며 조경사 노릇을 하다시피 한 것을 알고 계시니 미소를 짓는다. 읍내에서 신토불이 추어탕을 게걸스레 들고 귀가했다.

뽕나무 가지를 찌고 말린 후, 차로 다려 드니 향긋한 냄새가 피어오른다. 혼자 먹자니 마음에 걸려 강선생에게 전해주었다. 선배님께 전화를 걸어, 뽕잎 새순을 따서 뽕잎차를 만들어 드시면 머리가 맑아져 집필할 때 도움이 될 거라 하니 좋아하시며 오디가 열리면 오라고 하신다. 작품 감상을 써 주신 선배님께 이발 품앗이로 작게나마 신세를 갚은 듯하여 마음이 놓인다.

봄이 오면 뽕 새순을 따 고소한 뽕잎밥을 해먹고, 오디가 열리면 다디단 오디 맛! 군침이 돈다.

2019년 3월

꽃기린선인장

우리 집 옥상에 독거식물이 살고 있다. 옛 조상은 이역 수만리, 사막의 선인장이다. 작년 늦가을, 옥상에 선인장 화분이 덩그러니 앉아 있었다. 주인이 햇볕과 공기를 쏘이려 내다 놓은 줄로 여겼다.

겨울이 다가오는데 그대로 밤을 지새운다. 잎은 시들고 못다 핀 꽃은 서리를 맞아 색이 바래고 오그라졌다. 그렇다고 함부로 손 댈 수 없다.

첫눈이 온 날, 앙상한 가지에 눈이 쌓여 꽃을 피우니 눈꽃 선인장이다. 밤새 그 눈이 녹으며 가시에 고드름이 달리니 이색적이다. 이글거리는 태양 아래 있을 선인장이 추운 겨울을 견디며 기린처럼 목을 늘여 둘러봐도 그리운 기린은 오지를 안는다. 가시 때문에 가슴을 맞댈 수는 없었지만 얼마나 기린이 보고 싶었겠는가. 그리움에 지쳤는지 가지가 엉클어졌다.

어느 누가 집에서 관상용으로 키우다가 이사 가며 내다 버린 꽃기린선인장이다. 발이 없으니 따라갈 수 없다. 졸지에 홀몸으로 노숙하는 신세가 되었으니 해도 해도 너무 한 듯싶다. 그나마 옥상에 버린 것을 보면 의탁할 주인을 구한 모양인데, 추위는 그렇다 치더라도 외로움에 떨고 있어 안쓰럽다.

아침에 보니 가시에 영롱한 물방울이 맺혀 빛난다. 사람들은 수분 발생을 줄이기 위해 잎이 퇴화하여 가시가 되었다고 하는데, 가시는 자신이 진화했다고 항변한다. 어느 누구도 물을 주지 않아 영롱한 물방울을 감로수甘露水라 생각하고 품으니 연민의 정을 느낀다.

일부러 호수공원 선인장관에 들러보니 선인장들이 온실에서 거울을 나고 있다. 7~8미터 되는 꽃기린선인장이 호화로운 페르시아 궁전에서 꽃을 피울 때 무척이나 공주의 사랑을 받았듯이, 붉은 꽃을 피우며 관람객들의 시선을 끈다.

영하 10도 추위가 계속된다는 일기예보다. 녀석이 얼어 죽을 것 같다. 주인의 허락을 받지 않았기에 집안 거실로 옮길까 하다가 할 수 없이 옥상 출입통로 계단으로 옮겼다. 진즉 옮길 것을 후회했다. 가시를 만지니 부스러진다.

한겨울을 지나며 과연 녀석이 살아날까 걱정이 되었다. 3월이 되어 외손자 희우가 옥상에 올라가다 꽃기린선인장을 보고 미지근한 물을 떠 와 "오아시스 물이야."라며 가지 사이로 조심스레 물을 주었다. "그래. 미지근한 물로 해동을 시켜야지." 바이올렛 키워봤던 솜씨가 여전하여 대견스러웠다.

꽃기린선인장이 생명의 물 한 모금으로 살아날 것 같다. 사막의 혹한 겨울을 이겨냈듯이 훌훌 털고 일어나, 못다 핀 꽃을 활짝 피우기를 바랐다. 지지대를 꽂고 헝클어진 가지를 바로 한 후 이제부터 우리집 식구로 보살펴 주겠다고 희우와 약속을 했다.

한 달 후에 희우가 집에 오자 대뜸 계단에 가서 꽃기린선인장을 살피더니 할아버지를 부른다. 가보니 내 눈에는 별 변화가 없었다. 한데 희우는 가시를 만지며 부드러워졌다고 한다. 과연 가시가 부러지지 않고 휜다. 희우의 세밀한 관찰력에 눈이 휘둥그레졌다.

물이 오르니 자연 섭리가 시작된 것이다. "희우야, 네 덕분에 꽃기린선인장이 살아날 모양이다. 고맙다." 짜릿한 기운이 계단에 피어올랐다. 물을 듬뿍 주고 햇볕이 잘 드는 곳으로 옮겼다.

4월에 접어들어 앙상한 가지 끝에서 뾰족한 싹이 돋아나기 시작했다. 매일매일 달라진다. 꽃대가 쭉 뻗어나더니 그 끝에 서너 개 꽃몽우리가 맺힌다. 꽃대 바로 밑에는 가시가 돋아나고 잎이 난다. 며칠 후에 꽃 몽우리가 필 채비를 한다. 실로 자연의 조화는 신비스럽기만 했다. "희우가 어서 와 봐야 하는데..." 손자 오기를 기다린다.

희우가 오자 드디어 꽃기린선인장 가지마다 새빨간 꽃이 앙증스럽게 피었다. 초록 잎은 꽃을 받쳐 주고 하얀 가시가 엄호한다. 강아지를 데리고 산책하는 사람들이 들러 꽃을 감상하는 순례지가 되었다. 꽃기린선인장 꽃은 백일홍보다 오래 가고 색이 바래지 않는다. 순결을 유지하는 꽃이다.

겨울이 다가오는데도 꽃 몽우리가 생긴다. 잎은 여름에는 초록색, 가을에는 연두색, 겨울을 맞으며 노란색이 되니 꽃은 계절마다 옷을 갈아입는다. 추워진다기에 옥상에 있던 화분을 거실 창가로 옮겼다.

작년에는 추위에 떨며 꽃과 잎이 졌는데, 독거 신세를 면하고 집안에서 거처하니 새 잎이 나며 꽃이 핀다. 집안이 환하다. 이제는 창밖을 바라보며 나처럼 희우가 오기를 기다린다.

본디 붉은 꽃이 피었는데 연분홍 꽃이 핀다. 일조량이 모자라서 그런가 보다 싶었다. 봄이 오면 다시 옥상에서 햇볕과 공기를 쏘이게 해줄 테니 기다리라 했다. 한데 녀석이 갑자기 '부르르' 떠는 것 같았다.

며칠 후에 무슨 조화인가. 꽃이 붉은색으로 변하고 녹색 새순이 돋아난다. "옥상에 안 나가도 돼요. 거실에 그냥 있겠어요." 하소연하며 피를 토하듯 붉은 꽃이 새로이 핀다. 잠시라도 헤어지기 싫은 표정이다.

낳은 정보다 키운 정이 더 크다고 하지 않는가. "따뜻한 봄이 오면 옥상 나들이를 한번 하자." 잠시 자리를 비울 적에는 화분에 우리 집 명찰을 꽂아, 너를 돌보는 주인이 나임을 분명히 하고 돌볼 거라고 안심 시켰다.

우스갯소리라지만 이사를 갈 때 함께 갈 수 없다든가, 먼 데로 여행 갔다가 함께 돌아오지 못한 외톨이 독거노인이 된다면 아찔하다. 꽃기린선인장과 함께 겨울을 나길 참 잘했다.

2019년 12월

반송盤松

심학산 정상 팔각정에서 내려다보니 느티나무가 여전하다. 오가며 사랑과 정을 나누는 곳. 친구가 태어나 자란 동산, '석경원'에 들렀다. 석경원은 나에게 '고욤나무의 꿈과 느티나무 그늘' 수필 글감을 안겨준 곳이자 마음의 고향이다.

연리지 느티나무를 돌아가니 석경원 간판석 앞에서 반송 삼 형제가 반긴다. 잔디 마당 배나무 밭 앞에서 반송 오 형제가 따뜻한 눈길을 주고, 언덕 전망대의 반송도 인사를 한다.

조상으로 모시는 느티나무를 제외하고는, 동산과 마당의 모든 유실수와 조경수는 친구가 심고 키운 나무들이다. 자녀들을 위해서 입구와 마당, 전망이 좋은 언덕에 반송을 심었고, 농원 이름을 아들딸 이름 중 한 글자씩 따서 '석경원'으로 지었다.

정성으로 가꾼 반송 잎이 윤기가 나고, 여러 갈래 줄기의 솔잎이 우산처럼 펴져 복스럽다. 반송은 가지들이 서로 조화를 이루며 자라니 화목한 가정을 상징하는 나무다.

키는 작지만 장송長松을 부러워하지 않고, 수수함에 만족할 뿐 분재송盆栽松의 조형미를 탐하지 않는다. 오직 청춘을 간직한 채 석경원에 덕이 가득하기만을 바라며 주인과 서로 닮아 간다.

5월 송홧가루가 날리면, 원통형의 햇가지 황색 수꽃 위에 자색 암꽃이 핀다. 반송은 풍매화風媒花이기에, 바람으로 교배가 이루어질 때 상긋한 솔향기가 번진다. 그 향기를 맡으면 정신이 맑아진다.

반송은 소나무처럼 한줄기로 자라지 않고, 밑 부분부터 굵은 가지가 갈라져서 원줄기와 가지를 구별할 수 없이 자란다. 반송도 감나무처럼 접붙이기를 하여 키운다. 나무 모양이 아름답기에 옛날부터 선비들이 좋아했고. 쟁반같이 생겼다 하여 반송盤松이라 이름 지어졌다. 반송을 키우는 집은 형제들이 우애롭고 겸손하며, 다복한 가정을 이룬다고 믿었다. 그래서인가!

친구는 슬하에 딸 셋에 막내아들을 두었다. 아들딸 모두 부모 걱정을 안 끼치고, 스스로 짝을 구해 두 손자와 일곱 외손자, 외손녀를 낳았다. 주말이면 또랑또랑한 손자 손녀들이 고모·이모·삼촌·오빠·형·언니·누나를 정겹게 부르며 잔디밭에 뛰어다닌다.

아이들이 땀 흘려 일하는 부모와 조부모를 따라 배운다. 반송을 보며 효도와 예절, 겸손을 익히니 수신제가修身齊家의 본보기가 아닌가.

주말에 들르면 아들딸 가족이 모두 나와 인사를 한다. 자주 만나니 아이들이 낯설어 하지 않아 다행이다. 내가 이름을 지어 준 맏손자 승택이가 꾸뻑, 배꼽인사를 하고 내 품에 안기면 모두 모여든다. 애들을 만나기가 힘든데 여기 오면 기를 흠뻑 받는다.

농원은 일감이 많다. 봄부터 나무전지. 거름주기, 씨앗과 모종 심기, 약 치기, 봉지 씌우기. 풀 뽑기 등 할 일들이 태산이다. 개인 사업을 하면서 오후는 거의 농막에서 지내며 일을 한다. 자두, 복숭아, 배, 사과 등 유실수가 꽃이 피기 전부터 열매를 딸 때까지 눈코 뜰 새 없다.

주말이면 아들딸 가족이 농장 농막에서 일을 거든다. 꼬마들도 바구니를 들고 아빠를 돕는다. 일이 끝나면 느티나무 아래 평상에서 대가족이 식사를 한다. 참숯 불판에 구운 삼겹살과 농막에서 담근 김치, 갓 채취한 채소들이 밥상을 풍요롭게 한다.

김장을 담글 때는 아들딸 가족이 마당에서 직접 키운 무, 배추를 다듬고 양념을 한다. 요즈음 좀처럼 볼 수 없는 풍경이다. 꼬마들이 고사리 손으로 주운 밤을 쟁반에 담아 반송 앞에서 공손하게 나에게 올린다. 매끄러운 밤이 더욱 윤이 나니 입을 다물 수 없다.

과일이 철 따라 익으면 고객과 지인들을 초청하여 과일을 직접 따게 한다. 주렁주렁 추억을 따게 한다. 보낼 때는 그냥 보내지 않는다. 과일에다 가지와 호박, 고추를 한 보따리씩 싸서 준다. 모과가 떨어지기 전에 따 가라고 반송이 내게 눈짓을 하니, 베푸는 마음은 친구나 반송이나 매마찬가지다.

석경원 입구의 반송은 찾아오는 이를 귀한 손님으로 맞이하고, 마당의 반송은 손님에게 시중들려고 지키고 있다. 헤어짐이 아쉬워 친구가 반송정에 올라 손을 흔드니, 그 친구에 그 반송이다. 산들바람에 반송의 향기가 코끝을 스친다.

2019년 8월

밤가시 초가

오랜만에 외손자 '희우'가 왔다. 외할머니와 외삼촌의 생일 축하하러 엄마 따라왔다. 전에는 주말이면 꼬박꼬박 왔는데 6학년이 되면서부터 두 달에 한 번 보기도 힘들다. 앞으로 오기가 더 어려울 것 같이 여겼는지 식사할 때 내 옆에 앉아 식사 예절을 지키니 흐뭇했다.

"네가 태어난 여기가 너의 고향이다."라고 하니 자랄 적 호수공원에서 연날리기, 자전거 탈 때가 마냥 그리웠는지 그때가 좋았다고 하며 연날리기 흉내를 낸다. 한창 뛰어놀 때인데 공부에 매달려 있으니 애처롭다.

식사가 끝나자 '밤가시 초가'를 둘러보자고 한다. 그곳에 가본 지 20년이 지났으니 어떻게 되었는지 나도 궁금했다. 희우만 못 가본 곳이다. 대뜸 희우가 "엄마, 진즉 알려 주셨으면 미리 공부를 해서 내가 해설사가 될 수 있을 텐데." 아쉬워하며 너스레를 떤다. "할아버지. 왜 밤가시 초가예요?" "음, 밤가시 초가는 죽기 전에 꼭 가 봐야 할 여행지 1001에 선정되었다. 가 보면 알게 된다."

밤가시 마을이 국내 여행지로 꼭 가보아야 할 곳으로 선정되었다는데 궁금증이 더해갔다. 정발산 공원 아래 밤가시 마을은 옛날부터 밤나무가 많았다고 한다. 조선 말기의 전통 가옥의 한 형태로 안채와 사랑채, 마루, 곳간과 헛간이 서로 만나 '�口' 자를 이루고, 똬리 모양의 초가지붕과 소박하면서도 튼튼한 서민 농촌 주택의 구조를 보여주고 있다.

밤가시 초가 이름 그대로 기둥·대들보·서까래며 마루와 문틀까지 밤나무 재목을 쓴 것이 특징이고, 온돌·외양간·아궁이 등이 원형 그대로이다. 황토 벽과 천정은 습기와 냄새를 흡수하는 구조로 여름에는 시원하고 겨울에는 따뜻하니 선조들의 지혜를 느낄 수 있다.

민속 전시관에는 가마니틀과 농기구가 전시되어 옛적 생활상을 신도시 속에서 엿볼 수 있으니 다행스러웠다. 나에겐 추억을 안겨주지만 손자 녀석에겐 신기하기만 할 것 같다. 마침 유월을 반기는 밤꽃이 탐스럽게 피었고 뻐꾸기 우는소리도 들린다. 밤 꽃향기가 밤가시 초가 지붕 위에서 바람 타고 내려오니, 희우는 초가지붕을 올라갈 궁리만 한다. 어쩌면 옛적 개구쟁이 나를 닮았는지도 모르겠다.

"할아버지, 밤이 열리면 언제 떨어집니까?" 뻔히 알면서 묻는 걸 보니 군밤이 먹고 싶은 모양이다. "이리 와봐. 가위바위보를 해서 이기는 사람이 꿀밤을 주기로 하자니 좋다고 한다. 내가 이겨 야무진 꿀밤 세례를 했더니 자지러지는 소리에 희우 엄마가 이마에 혹이 나지 않았나 살펴본다. 희우가 "꿀밤 맛이 꿀맛이네요." 이마를 만지며 능청을 떠니 모두 웃었다.

희우가 밤 음식 종류를 말해 달라고 조른다. 생률은 대추 다음 차례로 제사상에 올라가니 조상을 모시는 음식이다. 밤 요리로는 밤 송편·만두·묵·묵사발·잡채 등 부드러운 음식이 있으며 과자 대용으로 군밤과 밤 말랭이가 있다. 희우가 단팥죽에 새알심 대신 군밤을 넣었던 것이 기억났는지 '군밤 단팥죽'도 있다고 하니 나보다 한 수 위다.

"할아버지. 밤이 익으면 다람쥐가 나타나겠지요?"라고 한다. 밤이 떨어지면 다람쥐는 가지마다 옮겨 다니며 밤을 떨어뜨리니 재주가 용했다. 어릴 때 밤새 밤이 떨어지면 아침에 내가 먼저 주웠으니 다람쥐가 얼마나 야속하다 했을까. 하지만 주은 밤을 내다 팔아 고무신을 샀으니 어쩔 수 없었다.

밤가시 속에서 어찌 그리 고운 빛 '옥광 밤'이 생길까? 동네 '옥출' 누나는 농사를 돕다 보니 얼굴이 탔다. 어머니께서 시집가기 전에 옥출 누나를 집에 불러, 밤 속피를 꿀에 버무려 얼굴에 발라주었다. 아침에 청주를 중탕하여 얼굴을 닦고, 다시 몇 번 정성스럽게 반복하니 밤 껍질처럼 곱디고운 얼굴이 되는 것을 봤으니 밤의 미백 효과가 대단했다.

밤은 꽃을 피워 벌에게 꿀을 주고, 꽃이 지면 밤송이가 생긴다. 밤송이 속에서 야들야들한 흰색 껍질에 붉은색이 얼룩진 '얼래' 단계를 지나 익을 때까지 밤가시가 보호하니 침입자는 얼씬도 못 한다. 밤이 익으면 밤송이가 벌어져 깨지지 않는 견고한 밤만 떨어뜨린다. 누가 다칠까 봐 밤송이는 가지에 매달려 있다가 마른 후에 비로소 떨어져 불쏘시개가 되니, 밤꿀과 밤, 목재까지 아낌없이 주는 이로운 나무다.

김삿갓 방랑기 중에 '뒷동산 익은 밤송이는 벌이 쏘지 않아도 저절로 벌어지고, 시냇가 수양버들은 비가 오지 않아도 스스로 자란다. 『後園黃栗 不蜂坼후원황률 불봉탁 溪邊楊柳 不雨長계변양유 불우장』라는 문구가 떠오르자 혼자 실없이 웃었다.

밤가시 초가 덕분에 옛날을 돌아 볼 수 있고, 밤나무의 배려와 베품을 배우며, 새삼 전통 보존의 중요성을 깨닫는다. 손자는 아마 꿀맛 같은 꿀밤 세례를 잊지 못할 게다.

2019년 〈고양문학〉 제52호

산이 나를 부른다

마누라가 친구들과 해외 명산 여행을 간다고 한다. "우리나라에도 숱한 명산이 많은데,"라는 말을 하려다 나는 그간 수필이나 쓸 테니 잘 다녀오라고 했다. 잔소리에 시달렸는데 내심 지화자다. 하기야 이렇게 홀로서기 연습을 실전처럼 한지 한두 해가 아니다.

집안에 둘이 있으면서 종일 말없이 지내는 것과는 달리, 혼자 하루를 지나니 혼족의 인내심은 곧 바닥이 난다. 울적하여 내일 산에 가려 준비를 하며 '나는 자연인이다'란 방영을 본다. 도시에서 움츠렸던 인생을 산에서 활짝 피운 산사람들 이야기로 나 같은 도시의 방랑인에게는 청량제다.

자연인들은 하나같이 만신창이가 된 몸으로 입산하여 심신을 치유하고 다시 태어났다. 산이 품어 주고, 몸을 치유시켜주니 자연인들은 산을 떠날 수 없다며 산을 고마워한다.

자연인들은 많은 시행착오 속에도 좌절하지 않고 나름대로 살 길을 찾는다. 홀로 사는 자연인에게는 아무도 도와줄 사람이 없으니 근면 성실이 전부다. 땀 흘리지 않고는 아무도 이룰 수 없다는 진리를 터득한 분들이다.

동의보감과 식물도감으로 주경야독하고, 산과 대화하며 산의 모든 것을 벗으로 삼아 함께하니 산은 물소리, 새소리, 바람소리, 숲의 속삭임으로 화답한다. 뿐인가, 생수와 신선한 공기, 심신 치유 피톤치드가 있어 찌든 몸과 정서를 녹화시켜주며 온갖 생명이 더불어 살게 한다.

입산한 자연인들은 오두막에 기거하며 몇 년 걸리더라도 손수 황토벽 집을 짓고, 주위에 텃밭을 일구며 산을 보살피며 자연과 더불어 살아가니 산은 믿음과 덕을 베푸는 길을 안내한다. 산을 가꾸면 베푼 이상으로 되돌려 받음을 알게 된다. '나는 자연인이다'란 프로그램이 많은 시청자를 확보한 것은 다 그럴만한 이유가 있다. '나는 자연인이다'라는 덕분에 산을 사랑하는 자연인들이 많이 늘어날 것이다.

산이 있어 산이 나를 부르니 얼마나 고마운 일인가. 인근에 낮은 산들이 있어 주말이면 힘 안 들이고 찾아갈 수 있다. 둘레길로 걸어가면서 그리움이 물든 고향의 산, 숲을 그리며 산바람에 잡념을 씻어내고 추억을 담는다.

언제나 찾아가도 반겨주는 산. 모든 것을 베풀면서도 내색을 안 하니 산은 어버이의 품성을 베푼다. 계곡을 만들고 대지의 젖줄인 강을 만들어 바다로 흘러가니 산이 없다면 풍요로운 대지는 어찌 되었을까?

내가 자란 곳은 백두대간 대관령과 동해바다 중간 지점, 지명이 개화대開化臺로 야산이 둘러친 촌락이다. 한여름 태양으로 깊은 산이 달구어지면 저기압이 형성되어 해풍이 육지로 불어오고, 밤이 되어 산이 식어지면 바다와 기압 차이로 생긴 산바람이 야산과 마을을 깨우며 바다를 향해 분다. 눈을 뜬 초동樵童은 1)주루막을 메고 야산으로 버섯을 채취하러 갔다.

비온 뒤엔 국수버섯, 싸리버섯이 많이 솟는다. 꾀꼬리버섯을 만나면 횡재다. 여름에는 밤버섯과 느타리버섯도 만날 수 있다. 버섯을 채취하여 돌아오면, 어머니께서 국수버섯 칼국수와 싸리버섯볶음을 해주셨다. 어머님의 손맛이 깃든 야들야들한 버섯 요리가 그립다.

산을 돌아다니며 산마·두릅·도라지·더덕과 삽주 등 약초를 채취하면 손과 옷에 특유한 냄새가 밴다. 야생화 향기를 맡으며 계곡에서 발을 담그다 가재를 발견하면 해 저무는 줄 모른다. 세월이 지날수록 그 산이 눈에 선하고 그립다.

부모님이 계실 적에는 벌초와 성묘하려 선대가 계신 정동진 산성울山城鬱을 찾았다. 증조부 장례 때, 강릉 사천 석교리에서 산성울까지 100여리를 10일간 노제路祭를 지내며 인근 일대 모두를 대접한 선대의 훈훈한 일화가 서린 곳이다. 산길을 내며 동해가 보이는 선산을 찾으면, 학이 소나무에 걸터앉아 부리를 조아렸다. 정상에 오

1) 주루막 : 가는 새끼줄로 만든 가방.

르면 산 위에 하늘, 솔개가 하늘 높이 날았다.

후손들이 지난해 산소 주위에서 캔 더덕과 산국화로 담근 술을 땅속에 묻었다가 정성껏 들어내 올리는 제주祭酒는 그윽한 향기가 피어오르는 신선주다. 우리나라 정正 동쪽에서 해와 달이 뜨는 곳. 동해안의 융성 신비함을 간직한 부챗길과 태고부터 하늘과 바다가 맞닿아 취색翠色이 태어난 수평선이 보이는 산성울은 신선들이 노닐던 2) 명주동천溟洲洞天이 아닌가 싶다.

지난밤 꿈에 그 산성울이 나를 불러 청포靑袍로 갈아입으라 하니, 학과 솔개를 벗삼아 선인이 되라는 것인가. 자연인이나 산山사람이 못되더라도 내가 안길 품속, 산이 있으니 감사할 뿐이다.

올가을엔 아내와 나의 핏줄과 함께 고향의 부챗길을 걷고, 산성울 명주동천을 찾아 후손의 예를 올리려 하니 가슴이 설렌다. 녹림이 우거진 산, 돌 하나라도 소중하게 여기시던 아버님을 그리며 주루막 대신 배낭을 메고 나서면 솔개가 마중 나오지 않더라도 산이 구름을 헤치며 나를 반길 거다.

집에 곧 도착한다는 전화다. 명산을 품고 오는 듯한 목소리에 웅크렸던 가슴이 활짝 열렸다. 거실을 서성이다 현관문을 열어 놓고 소파에 앉아 바라본다. 이제까지 아내를 이렇게까지 기다려 본 적은 단 한 번도 없었다.

2019년 8월

---

2) 명주동천 : 명주는 옛 강릉의 지명이고, 동천은 일명 동학洞壑이다. 산천경개가 빼어난 계곡으로 신선들이 노니는 곳이다.

8월의 회화나무

  매미 소리다. 이글거리는 8월의 태양 아래 울창한 회화나무에서 울려오는 합창이다. 아니 여기저기서 윤창을 한다. 나무 그늘에서 쳐다보니 탐스럽게 주렁주렁 핀 원추 꽃다발이 음률 가락에 흔들거리며 매미 소리에 익는다. 매미는 노래로 벌을 부르고 있는데, 어느 누가 매미가 운다고 했는가!

  일산 호수공원의 수령 230년 보호수인 회화나무를 종주로, 가로수와 아파트 단지, 열병합 발전소 일대에 심은 나무가 자란 지 20년 지났으니 울창하다. 가을에는 단풍나무, 은행나무와 어울려 알록달록 물들인다.

  회화나무는 우리나라에선 행운의 나무, 중국에서는 출세의 나무, 서양에서는 학자의 나무라 불리며, 정화수와 약재로도 뛰어난 효능을 자랑한다. 콩과에 속하는 낙엽활엽수 종이다. 그 형태가 자유로워 어디에도 구속받지 않는 선비정신을 나타낸다고 믿었으며, 큰 인물이 태어난 집 주위나 명문 학교, 마을 입구에는 길상목吉祥木인 회화나무가 있다.

한자로 나무 목木 자와 귀신 귀鬼 자가 합쳐져 악귀를 물리치는 나무인 괴화槐花로 표기하는데, 발음이 중국 발음과 비슷한 회화로 부르게 되었다고 한다. 한방에서 꽃봉오리와 열매, 가지를 약재로 쓴다. 꽃이 벌어지기 전에 따서 말린 꽃을 괴화槐花라 하며 동맥경화 치료와 지혈제로 쓰인다. 열매 괴각槐角은 치질과 자궁 출혈 치료제로, 줄기 괴교槐膠는 달여 가려움증과 소염 치료제로 활용한다.

잎은 아카시아를, 꽃은 콩 꽃을 닮았고 원추 꽃처럼 핀다. 열매는 꼬투리 모양인데 둥근 씨앗이 염주처럼 연결되고 잘록하여 콩 꼬투리 모양이다. 시월이면 깍지에서 떨어지는 열매는 쥐눈이콩 같다. 회화나무가 콩과 식물이니 이를테면 콩나무다. 여성들에게 찾아오는 사춘기, 갱년기에는 콩을 많이 섭취하여 골다공증을 치유한다. 동의보감에 괴각이 갱년기 증상에 두루 좋다고 기록되어, 마누라한테 회화나무 열매로 임상실험을 하려다 돌팔이 취급을 받았다.

꽃봉오리를 괴미槐米라고 부르는데 그 모양이 쌀을 닮았기 때문이다. 봄이면 이팝나무 꽃이 눈을 풍요롭게 하듯, 여름에는 회화나무 꽃이 배고픔을 달래는 희망을 준다. 회화는 아카시아꽃처럼 짙은 향기가, 매미가 노래로 벌을 부른다. 벌들이 먹고 배설한 회화나무 꿀은 꿀 중에 약효가 제일 높다 하니 밀원蜜源이 부족한 곳에 회화나무를 심어 양봉을 장려할 만하다.

열매와 껍질, 가지도 차로 끓여 마시면 뇌가 튼튼해져 기억력이 좋아지고, 머리카락이 검어지며, 눈도 밝아진다니 회화나무는 여러모로 사람에게 이로운 나무다.

열매와 꽃으로 염료를 만들어 천이나 종이를 물들이고, 맥주의 황색을 내는 데도 쓴다. 염색한 종이가 괴황지槐黃紙인데 이는 부적을 쓸 때 사용한다. 귀신을 물리치는 회화나무 염료로 물들였기 때문이다. 천 원짜리 지폐 뒷면 도산서원 정원의 무성한 나무가 회화나무다.

회화나무는 진실을 가려주는 힘이 있다고 믿었기에 옛적 송사를 처리할 때 재판관이 회화나무 가지를 들고 재판에 임했다고 한다. 우리 선조들은 길상목인 회화나무를 집안에 심으면 잡귀가 감히 범접을 못하고, 가문이 번창할 좋은 기가 모여들어 심신을 정화시킨다고 여겼다. 장원급제한 자에게 임금이 내리는 어사화가 회화나무 꽃으로 알려졌다.

D 회사에 재직할 때 인천공장장에 부임하게 되었다. 공장은 대형 클레임과 안전사고와 공해 배출로 실패비용이 산더미였고, 회사는 파업에 시달려 그야말로 내우외환이었다. 녹색경영으로 이를 해결하고자, 부지 10만 평을 공원화하고, 구성원 모두가 참여하는 나의 설비(My Machine) 운동으로 환경친화기업에 도전했다. 전 직원의 마음을 담아 정원에 회화나무로 기념식수를 했다.

회화나무의 신령스러운 도움을 받았는지 2년 만에 3무(무재해. 무결

점. 무파업)를 달성했다. 기름 범벅인 작업복을 세탁하느라 눈코 뜰 새 없었는데 세탁물이 5분의 1로 줄었고, 소각물이 거의 없어 악취 배출로 매일 비상이 걸렸던 소각장은 문을 닫았으며, 폐수처리 방류조에 붕어가 유영을 했다. 철강회사로서는 최초 정부로부터 환경친화 기업 인증을 받았다. 이를 발판으로 순풍에 돛을 단 듯 수출로 매출 수익을 갱신했다.

그해 회사에 건의하여 실패비용을 절감한 돈으로 콘도 52구좌를 매입해 연중 휴가를 할 수 있도록 전 직원에게 안겨주었다. 이 일로 '생각이 팔자'란 신념이 생겼으니, 마음의 곳간 회화나무를 바라보며 감사를 드렸다.

매미가 밤늦게까지 한바탕 노래를 부른 다음 비가 오더니 아침에 회화나무 꽃이 바닥에 수북이 깔렸다. 노부부가 강아지를 데리고 꽃밭을 걷는다. 강아지는 눈밭인 줄 알고 마냥 좋아 뒹군다. 8월의 더위가 낙화 밭에서 쉬고 있다. 먼저 피어나 일찍 시들고 쓸쓸히 떨어지는 꽃과는 달리, 회화나무는 8월에 꽃 피어 벌에게 꿀을 주고, 시들지 않은 꽃으로 한 번에 떨어진다. 열매는 잎사귀 속에서 오랫동안 매달렸다가 단풍 들 때 떨어지니 필경 진귀한 약재다.

시월이 되면 탐스럽게 익은 열매로 마누라의 인생 2막 체력 증강에 재도전하려 하니, 벌써 약재 다리는 냄새에 코가 움직인다.

2019년 8월

송설화松雪花

오늘이 어머님 기제 날이라 고향으로 가는 길에 '봉포항'에서 52년 만에 친구를 만나기로 했다. 친구는 블루오션(Blue Ocean)에 뜻을 두고 바다에서 창업, 연어 양식에 성공한 대학 동기다. 친구는 해양 연어 양식에다 육상 연어 양식을 계획하여 송지호 인근에 육상 양식장을 건설 중이었다. 담수조와 정수장 공사가 한창이었다. 내년 이맘때는 육상 양식장에서 출어할 예정이다.

일기예보에도 없는 눈이 내려 해송에 눈꽃이 피었다. 큰댁으로 가는데 해송들이 가지마다 눈을 이고 환송한다. 내년에는 여기 들러 연어를 사서 어머니 제사상에 올릴 수 있으니 동갑내기인 친구가 한결 고마웠다.

고향 큰댁에 도착하니 산야가 눈으로 덮였다. 설날을 앞둔 세밑이어서 그런지 늘 이맘때면 눈이 온다. 어머니는 눈 오는 날, 눈을 밟고 하늘로 가셨다. 큰 아주머니는 전통적인 제사를 고집하시어, 제관들은 도포를 입고 갓 대신 두건을 썼다. 축문을 읽고 배례한 다음, 신위가 식사하는 합문闔門 차례가 되면 방문을 닫고 잠시 마당으로 나온다.

뒷산을 향하니 소나무에 눈이 쌓여 눈꽃이 피었다. 저 소나무는 나보다 25년 먼저 태어났으니 백수白壽가 넘었다. 소나무는 나이가 들수록 품위가 있고 고상하다. 솔 눈꽃이 피니 더욱 그렇다. 층층 가지마다 흰 비단 목도리를 두른 듯하고, 함박눈 위에 싸락눈이 쌓여, 어쩌면 어머니 제삿날에 켜켜로 초록과 흰 떡가루로 먹음직스러운 시루떡을 만들었나 싶다. 소나무 윗가지가 눈에 덮여 마치 고고한 학鶴 모습이다.

나이가 들면서 소나무를 좋아하는 까닭은 여러 가지다. 언제나 봐도 그 모습 그대로다. 만날 때마다 늘 푸른 추억이 피어오른다. 송홧가루가 날리면 다식을 만들어 먹었고, 솔 눈꽃이 핀 다음날은 솔 냄새와 피톤치드가 밴 투명한 고드름을 따 먹었다. 그러니 솔 눈꽃 속살은 어머니 젖가슴이다. 일 년에 두 번 꽃을 피우며 건강하니, 우리 9남매도 무탈하게 자랐다.

늦가을부터 낙엽이 떨어진 느티나무나 감나무 가지에 눈이 내리면 그런대로 운치가 있지만 소나무에 비할 바가 아니다. 까치설날 눈이 내리면 소나무는 깨끗한 목도리를 두르고, 마을 세배꾼의 두루마기 동정은 하얗고 반듯했다.

제사를 마치고 식사할 때 화기애애한 얘기가 오간다. 소나무 얘기는 빼놓을 수 없다. 시주 받으러 오신 고승이 소나무에 학이 앉아있는 것을 보고, "뒷산은 서기가 어린 산이니 송학산이다."라고 하여 뒷산을 송학산으로 부르게 되었고, 마을 사람들은 어머니를 단아한 학부인이라 했다며 어머니를 그리워했다.

제관들이 저마다 돌아갈 때 소나무처럼 덕목을 베풀기를 바란다. 평일이라 회사일로 장조카 부부도 귀가했으나, 우리 부부는 머물러 큰집에서 밤을 지냈다. 잠자리에서 옛날을 회상하며 뒤척이는데 바람이 창문을 흔든다. 우리 집은 대관령을 마주하기에 유독 산바람을 많이 받는다. 폭설이 내려 밤에 바람이 불면 집 주위에는 눈이 쌓여 마당에서 화장실까지 굴을 뚫었다.

폭설이 쌓인 소나무 가지가 눈 무게와 바람을 이기지 못해 부러지는 소리에 잠을 깨곤 했다. 새벽 아버지께서 설해목을 가져와 소 여물을 끓이시며, 구들 아궁이에도 군불을 때면 화력이 좋아 금세 방바닥이 따뜻하여 오므리고 자던 형제들은 그제야 오금을 폈다.

아침에 일어나 어머니를 도와 설해목 솔잎의 눈을 털며, 살 얼은 탱글탱글한 솔방울도 손질한다. 세밑이니 막걸리를 담기 위해서다. 소쿠리에 보관했던 준시와 홍시를 항아리에 솔잎과 켜켜로 옮겨 담는다. 어머님의 손맛으로 솔잎 솔 향이 밴 고두밥은 항아리에서 솔방울을 만나 우러나며 익는다.

설날 세배꾼들이 세배를 하고 덕담을 들으며, 솔 향이 가득한 막걸리를 사양하지 않고, 솔 향이 밴 준시와 홍시를 마다할 리 없다. 그러니 소나무는 설해목으로도 덕목을 베푼다.

폭설로 솔가지마다 눈이 쌓인다. 윗가지들은 유연하여 쌓인 눈을 아래로 떨어트린다. 맨 아래 가지는 강하지만 쌓인 눈 무게를 이기지 못해 몸통 꼭짓점에서 부러진다. 유연하면 구부러지고 강하면 부러진다는 이치다. 소나무는 잘려진 아픔을 딛고, 설해목 가지에 보충하려던 영양분을 윗가지로 올려 보내, 하늘을 향해 더 높이, 더 품위 있게 자랄 수 있게 되니 자연의 섭리가 아닌가.

눈이 많이 온 해는 봄 가뭄도 적어 냇가 버들가지로부터 산야 춘화를 아름답게 채색했다. 솔 눈꽃이 수북이 쌓인 솔가리와 가랑잎에 서서히 녹아내려 봄·여름 내내 땅을 촉촉이 적시니, 그 해는 온갖 버섯 풍년이었다.

새벽에 또 눈이 내려 솔 눈꽃이 만발이다. 귀가하며 멀리서 바라보니 송학산에 왈츠 복을 입은 무희들이 줄지어 뽐낸다. 학이 날아오면 한바탕 왈츠를 추려는 모습이다.

내년 송지호에서 연어를 마련하여 고향 집에 오면 송학산의 송설화가 다시 피어 반길 것이니, 덕목을 베푸는 소나무에 감사드린다.

2019년 〈산림문학〉 제36집

숲속의 춤판

잠자리에 드니 꽹과리 소리에 맞추어 장구와 북 장단이 화답하며 귀를 울린다. 신명 나는 음향이 천정에 일렁이며 그림을 그리고, 소리 그림자를 드리운다.

일전 강화 교동도에 함께 다녀오자는 산림 문학회 K 님의 제의로 여성 회원 L 님과 함께 교동도로 향했다. 강화대교를 지나자 시원한 도로와 교동대교가 신설되어 뱃길로 가야만 했던 머나먼 길이 지척이 되었다. 북한이 보이는 망향대에서 처음 만난 그곳 농촌 봉사자의 안내로, 교동도의 실향민을 위한 '작은 음악회' 휘모리 공연을 하게 될 '지석감리교회'를 답사하고 왔다.

오늘 그 공연 준비를 한다기에 마포평생학습관에 가니 휘모리 회원들이 반겨주었다. 인사를 나눈 후 회원들이 서서 북을 치며 몸을 풀더니, 마루에 원진으로 자리를 잡고 굿 내는 가락이 시작되었다. 국악 재능 기부자인 K 님은 꽹과리를 든 '상쇠'이고, 제자 L 님은

'부쇠'로, 사제가 가르치는 제자들과 함께 북, 장구, 징을 쳤다. 스승이 제자의 제자와 함께 한 자리였다.

상쇠의 지도에 따라 덩 덩 쿵따쿵, 둥 둥 두두두~ 징~. 북·장구·징이 뒤를 따른다. 작년 산림문학회 나무 심기 행사에서 알게 되어 가까이 지낸 분인데, 어렴풋이 짐작은 했지만 목전에 펼쳐지는 광경에 얼떨떨하다.

세계 75개국을 여행하며 '세계 일주 시작이 반이다.'라는 기행문학을 남긴 작가인 줄로만 알았는데, 국악 재능 기부 보유자로 후학을 지도하며 2002년 월드컵 때 휘모리 응원 단장이었다니 존경스러움을 금할 수 없다. 일산으로 이사 오기 전 이곳에서 재능 기부를 하며 후계자를 배출했단다.

의자에 앉아 연주자들의 일거수를 바라보면서 박수 치느라 바빴다. 꽹과리를 든 상쇠 K 님과 부쇠 L 님의 장단 박자는 백미다. 땡땡한 음색을 밀고 당기니 마치 숲속 대장간의 풀무질이다. 쇠와 징, 장구와 북 소리의 강약·고저·장단이 공간을 휘젓는다. 하늘이 내린 소리에 화답하느라 손바닥이 얼얼하다. K 님의 지도 과정을 지켜보면서 숲속에서 춤판을 벌이셨던 아버님 모습이 떠올랐다.

아버님께서는 외로운 나무는 숲을 이루지 못 한다며 뒷산에 여러 나무를 심고, 슬하의 자식처럼 나무를 가꾸셨다. 소나무, 낙엽송, 자작나무, 박달나무들이다. 침엽수는 침엽수대로 활엽수는 활엽수대로 군락을 이루며 자라도록 심고 보살피셨다. 너럭바위를 중심으로 숲을 이루며 자란 나무들이 20살이 되었다.

장날 우시장에서 동네 아저씨의 황소를 팔고 곡차 한잔을 걸치신 모양이시다. 석양이 뉘엿뉘엿 하는데, 송아지를 데리고 오신다. 송아지가 울어대니 얼콰하신 아버님이 "둥기 당기 둥기 당기당" 송아지를 달래다 숲속 너럭바위 위에서 판을 벌이신다. 잊을 수 없는 숲속의 춤판, 숲사랑 춤판이다. 마치 무성영화 같은 춤을 추셨다. 달빛이 손바닥에 넘칠세라 고이 받으며 추셨다. 하늘을 향해 너울거리는 춤가락은 깊은 산속 적막을 즐기는 고승의 승무가 아니겠는가! 눈을 감으니 숲속의 온 나무가 환호하며 손뼉을 치고, 눈을 뜨니 초저녁 별빛이 더욱 빛난다.

손바닥을 손가락으로 두드리신다. 손가락이 궁채인양 밀고 끌며 비껴 두드리신다. 손바닥이 마치 꽹과리 울림판이다. 동행한 마을 아저씨들 모두 한바탕 덩실덩실 춤을 춘다. 다람쥐는 나뭇가지에 걸터앉아 탄복하며 꼬리 춤을 춘다. 나무 둥지에 깃든 어미 새는 머리를 내밀어 춤 그림자를 살피고, 아기 새는 나오고 싶어 "짹짹" 안달이다.

평소 근엄하신 아버님께서 저렇게 하실까 의아했다. 달빛이 휘영청할 때 춤판을 끝내고 하산하시는 발걸음은 무릎 장단이셨다. 자리를 비켜주었으니 구경꾼 다람쥐와 산토끼, 장끼와 산새들이 모두 모여 한바탕 춤판을 벌릴 듯싶었다.

곡우가 되면 아버님은 산에서 폭설에 난을 당한 설해 목을 정리하고 간벌과 나뭇가지를 전지 하셨다. 나무를 단정하게 치장한 후 너럭바위 주위에 막걸리를 뿌리며 나무가 무탈하게 자라기를 비셨다. 그리고 박달나무, 자작나무의 고굿물을 채취하여 집에서 막걸리를 담그셨다.

단오를 앞두고 단오제에 출전할 마을 사람들을 조직하여 숲속에서 농악을 지도하신다. 상쇠인 아버님은 성년이 되는 장정들에게 꽹과리 · 북 · 장고 · 징의 장단 가락을 가르치신다. 꽹과리 뒷면을 눌렀다 떼었다 '치고 막는' 주법과 '타법'의 강약으로 다양한 음색을 펼치신다. 내고 달구며 굴리고 맺으니(기승전결) 소리가 소리를 감싸며 돈다. 파장이 다른 음률이지만 화음이 되어 나무들을 감싸며 하늘로 오르니 나무들도 덩달아 춤춘다.

연습이 끝나면 고굿물 막걸리로 목을 축이고, 숲속의 춤판으로 이어진다. 농악 리듬에 어깨와 팔, 무릎과 발이 율동이 되어 온몸이 덩실거린다. 푹신한 솔가리를 밟으며 춤추시니 다람쥐가 신명나서 나뭇가지를 타며 춤을 춘다. 송홧가루가 쏟아지며 솔 향도 춤춘다. 바위에 벗어 놓은 아버님 두루마기 동정에 앉은 송홧가루를 털 때 맡았던 진한 솔 향은 아직도 내 코 끝에 맴돈다.

한여름, 마을 '질 먹는 날'의 공연을 앞두고, 나무숲을 찾아 숲속의 춤판이 벌어진다. 숲도 인지상정이라 가을이면 곱게 단풍이 든다. 추수가 끝나면 나무들이 겨울을 굳건히 넘기고, 내년 봄에 자작 · 박달나무와 소나무 · 낙엽송들이 토실토실한 새순이 돋아나길 바라며 또 한바탕 숲속 춤판이 벌어진다.

저녁노을에 낙엽송이 황금색으로 채색하니 한 폭 유채화다. 상쇠와 부쇠의 "딱 다구 딱 다구" 음률에 황금색 낙엽송 솔가리가 너울너울 춤추며 떨어진다. 음색이 자연과 어울리는 숲속 춤판은 그칠 줄 몰랐다. 아! 떨어지는 솔가리를 맞으며 넋이 빠졌던 그때가 눈에 삼삼하다.

산을 지키며 자라는 나무가 숲을 이루자, 숲속의 춤판으로 숲에 감사드리시던 아버님의 숲사랑이 K 님 모습에서 피어오른다. 교동도 '작은 음악회' 휘모리 공연에서 다시 한 번 숲속의 춤판을 연상할 수 있으니 벌써 가슴이 달아오른다. 덩 덩 쿵따쿵. 둥 둥 두두두~ 징~.

2019년 12월 24일

영혼의 파동波動과 사유思惟의 눈금읽기

– 조철형 수필집 『숲속의 춤판』과 동일화 양상

문학박사 **엄 창 섭**
(김동명학회 회장, 선문학 고문)

1. 창조적 영혼과 개아적個我的 일상

모름지기 "예술은 어렵다. 따라서 문학은 이처럼 어려운 것이다." 라는 파스(Octavio Paz)의 역설과도 같이, 즉물적 대상을 글감의 질료로 삼아 정치精緻하게 분석하고 조립하여 점층적 효과를 절충하며 실험과 탐색을 반복하는 특정한 문인의 정신작업은, 또 다른 양식의 결과물로 통일된 체계의 정체성에 의해 우주의 신비를 캐어내는 상이한 양식樣式의 현상적 접근이다. 일단 전제할 바라면 수필집의 표지화를 맡아준 강릉사범병설중학교 선배인 전희천 형도 고맙지만, 조철형 수필가와 평자는 단순히 동향이라기보다 학연이 잇닿은 중·고교 동기로서 '영원한 스승'으로 제자를 각별히 아끼고 보살펴준 6년간 국어교사였던 원영동 시인의 제자라는 그 존재감이다.

평설에 앞서 '지극선인 모성의 분신'으로 형사形似하여 2017년 「산림문학상」을 수상한 조철형 수필가는, 『고욤나무의 꿈』 출간에 이어 『숲속의 춤판』(2020)의 자서격인 〈서문〉에서 "어렸을 적 썼던 반성문이 떠오른다. '반성'의 진정한 의미를 새기니 얼굴이 화끈거린다. 뜸이 덜 든 거친 밥상 같아 출간을 망설이지만 어쩌랴. 머뭇거림을 멈추고 다시 새로운 글 여행을 떠날 채비를 하는데 어눌함도 덩달아 따라 나선다."라며 술회하고 있다. 모처럼 문화충돌이 예상되는 암울한 시간대에서 존재의 가벼움을 기억할 때 그 자신의 합리적 당위성은 시적 상상력의 자유로움에서 비롯된 존재감의 확인은 물론하고 비열한 이기주의로 치닫는 시간대에서 코로나19의 가공할 공포감으로 '사회적 거리두기'는 새삼 암울하고 슬픈 사회적 모순이다.

평소 서예를 즐기며 지조 있는 선비로서의 골격을 갖춘 그 자신이 '천년 시향詩鄕의 출신'인지라, '동심지언 기취여란同心之言 其臭如蘭' 족자를 조카내외에게 결혼선물로 전해주었듯 "내가 써준 족자를 침실에 걸고 매일 마음으로 새긴다하니 흐뭇하기 그지없었다. 나라의 문화가 다르지만 슬기와 총명함으로, 한마음이 되어 향기롭게 극복해가는 조카부부는 어쩌면 '서동요의 주인공' 서동과 선화공주다. (서동요의 주인공)"에서는 자의식을 해체하고 재조합하는 행위와 맞물려 있다.

또 하나 고교 졸업동기로 절친切親한 백태윤의 유머감각은 따뜻한 교감의 결과물이기에 "신의 선물로 받은 다이돌핀을 주위 분들에게 나누어주는 백 회장이야말로 진정 젠틀맨 칭호에 덧붙인 다이돌핀 친구다. 친구(다이돌핀(Didorphin) 친구)"로 견줌도 그렇지만 "며칠 전 강릉사랑 문인회원들에게 '김동주 어부사시사'를 들으러 가자고 했더니 다들 반겼다. 들뜬 마음으로 고성군 토성면 '봉포항'에서 만나 동행하기로 했다. '(주)동해에스티에프(Salmon&Trout Fishery)' 회사 앞에서 우리를 반기는 친구는 나와 대학입학 동기다. (새벽을 여는 친구)"도 동일한 보기다. 또 언젠가 서울역에서 스크린도어 '지하철 시'를 무심코 보고 그 감응을 "〈아, 고요다. 엄창섭〉 눈이 번쩍 띄는 시다. 시를 읽으니 가슴이 짜르르 녹아내린다. 친구를 만나다니! 작자는 중·고교 동창으로 고향을 대표하는 시인으로, 평창 동계올림픽을 유치하고자 유치단으로 케이프타운을 방문하며 애를 썼다. 중학교 같은 반으로 시인 '원영동' 선생님께서 지도하신 문예반출신이다. (시인의 노래를)"를 포함하여 〈5-1번 형제〉, 〈외삼촌〉 등도 지극한 관심사關心事임에 틀림없다.

2. 내면인식의 성숙과 여백의 간극間隙 좁히기

특히 장르의 다양성에 따라 글을 쓰는 행위는 극히 개인적 문제지만 주관적 감성과 객관적 이성의 조화에 있어 세대를 아우르는 사유와 뛰어난 안목의 적절함은 그만의 당위성을 지닌다. 간혹 '퍼덕이는 날개'는 낡은 기억일지라도 '영의 법칙' 곧 자연계에서 입증되는

빛의 간섭은 삶의 장소성에서 의외로 확인되는 현상적인 보기로 "배달겨레는 한 핏줄 맥동인 백의민족이며, 상용주파수가 같은 60Hz이다. 그럼에도 인공위성이 밤에 한반도를 찍은 사진은 남한은 불야성이나 북한은 그야말로 암흑천지다. (주파수를 맞춘다)" 또한 사실상 단순히 응축된 자기고백이 아닌 시대정신과 화자의 절제된 감정에 기인된 확고한 자의식의 수락이다. 그뿐 아니라 미셀러니(Miscellany)적인 정신작업의 생산물이 긴장감 있게 응축되어 타이틀 속의 표제 수필에 술회되어 그 의미성이 확증된 특이성은 이채롭다. 그 자신은 선한 품성의 소유자이지만 '가족과 친구, 그리고 독자'라는 삼각대위 三角代位는 '소외계층의 통섭과 문인의 시대적 소임'은 불가분의 연계성을 지닌다. 그 점에서 짜 맞춤과 그것을 받쳐주는 문맥의 행간에 여백이 주어지기에, '모국어의 속살과 항변'이라는 시각에서 단절을 의미하는 닫힘에 견주어 열린 사고는 타자를 위한 관심사의 표출로 주요 테제다. 그 같은 보기가 아래의 〈생선요리하듯 수필을〉과 〈숲 속의 춤판〉이다.

> '오창익 교수님'의 창작수필 강의를 들을 때가 떠오른다. 주제에 의미를 부여하여 감동이 우러나는 수필이야말로 수필문학이라 하셨는데, 감칠맛 나고 개운하게 내 입을 호강시켜준 생선요리가 또 다른 무언無言의 스승이 아닌가. 아내한테 "당신이 생선요리하듯 수필을 쓴다면 훌륭한 수필문학가가 될 겁니다."라고 하니, 당신이나 수필다운 수필을 쓰라며 웃는다.
>
> — 〈생선요리처럼 수필을〉에서

숲속의 춤판으로 숲에 감사드리시던 아버님의 숲사랑이 K 님 모습에서 피어오른다. 교동도 '작은 음악회' 휘모리 공연에서 다시 한 번 숲속의 춤판을 연상할 수 있으니 벌써 가슴이 달아오른다. 덩 덩 쿵따쿵. 둥 둥 두두두~ 징~.

－〈숲속의 춤판〉에서

이와 같이 2019년 12월의 〈생선요리하듯 수필을〉 간결체와 건조체로 쓰였기에 '아내의 순박한 손맛도' 그렇지만 즉물적 질료로 선별된 가족애에 관한 정감은 다정다감하다. 같은 해 크리스마스이브에 집필된 '저녁노을에 낙엽송이 황금색으로 채색하니 한 폭 유채화다.'라는 표제격의 수필로 색조가 한층 빛나는 〈숲속의 춤판〉에서 '숲에 감사드리시던 아버님의 숲 사랑'을 인상 깊게 낡은 기억에서 끄집어낸 '작은 음악회, 그 휘모리' 신나고 흥겨운 한판의 공연보다 하나의 역설(Paradox)이랄까? 못내 가슴 찡함은 '부친의 한결같은 숲 사랑'보다 끝없는 그리움[情恨]이리라. 이처럼 동일선상에서 즉물적 질료로 수용한 의미의 다양성은 표현의 틀에서 결부시킨 동일화의 양상이다.

보편적으로 일상 언어는 '항상 98%가 뇌의 기억력에 잠재되기'에 다소 의도적일지라도 생명과 인성을 파괴하는 금속성이며 동물적인 언어사용을 절제하고, '증오와 저주가 아닌 감사와 축복'의 푸른 식물성 기표를 사용하는 좋은 언어습성은 자못 더 진지하기에 내면의 아름다움을 추구하는 의식의 성숙을 모색하여야 한다. 그 같은 연유로 "지금까지 알려진 건강 상식을 뒤집어, 약 없이 병을 고치는 방법을 알려주는 건강지침서를 폈다. 저자는 '못 고치는 병은 없다. 다만 고치지 못하는 습관일 뿐이다.'라며, 약이 인류를 구할 것이라 믿었지만 도리어 인간을 상품화시켜, 약이 없으면 당장 죽는 것처럼 이야기하지만 사실 그렇지 않다'고 주장한다. (명의名醫의 길)"라는 지적 또한 질병의 불안 심리로부터 고통 받는 누군가를 위해 암울한 시간대에서 미래의 젊은이들에게 꿈의 날개를 달아주는 그만의 진지한 방책강구는 감동적이다.

특히 에드워드 호퍼(Eward Hopper)의 주장만큼이나 시선이 닿은 모든 대상과 공간이 무미건조한 공간에 익숙한 현대인들의 빌딩 위로 사각형의 햇빛이 쏟아지는 현상을 묵언으로만 관망할 수는 없다. "내일이 하늘이 열린 날인데 벗으로부터 광화문 광장집회에 가자는 전갈이 왔다. '광화문 연가'를 부르러 간다면 좋겠는데, 그것도 아닌 알림 글을 써서 전하라는 부탁이다. 여태껏 집회에 나간 적이 없어 밤새 잠 못 이루고 뒤척였다. (광화문 戀歌)"를 통해 그 자신의 긍정적 시각은 2%의 염분이 오염된 바다를 생명의 처소로 정화시키듯 인류가 직면한 코로나19의 사회적 거리두기도 초연하게 일관된 의지로 헤쳐 나가는 '극소수의 창조자'로서의 정체성(Identity)은 더없이 역동적이다. 이처럼 자의적 은폐와 소박한 감성의 붓끝이 지나친 의욕으로 인해 문화인식의 결핍에서 오는 '언어공해의 심각성을 자아내는 인자가 되지 않을까?'라는 의구심이 주어짐에 그 의미망은

놀랍게도 확장되고 있다.

그 같은 관점에서 감동의 파상으로 형상화된 수필을 '영혼의 잠식과 언어기호의 역할'로 감응할 수 있기에 그 의미는 뜻깊다. 한편 독자와 시인이라는 대비로 진동수가 일치되는 파동에서 비롯된 공명의 해법에 견주어, 다소 해학적 품격의 수필로 "매사 안 되는 걸 내 탓으로 돌리니, 마음이란 보고 속에 찰떡궁합이 있지 않은가! 사랑이란 '같이 오래 사는 것'이라고 생각되어 인절미를 사들고, 집에 들어선다. "여보. 찰떡 사 왔어요. 찰떡!" (찰떡궁합이 따로 있나)"의 보기나 또는 "김장을 미루다 곰보배추를 만나 겨울나기가 끄떡없다. 배추를 준 시인과 우리 집에 시집와서 행복을 베푼 곰보배추에게 감사드리다 느닷없이 곰보 배추 같은 심성의 며느리를 맞이했으면 하는 소망을 갖는다. (곰보배추 시집가다)"에서 그 의미는 따뜻하게 발현되는 현상이다. 비록 아름다운 서정의 미감으로 장식하기 위해서는, 피멍든 손으로 영혼의 닻줄을 잡아당기는 고통을 감내하여야 한다. 따라서 즉물적 현상을 거부하지 않고 존재의 꽃으로 피워내려는, 그 자신의 적확한 기호 캐내기 작업은 번개 같은 영감靈感을 적절하게 접목시킨 예술행위와 잇닿아있기에 주지할 바다.

3. 투시도법의 접근과 사유의 그물망

작금에 정신과의사인 퀴블러 로스(Kübler Ross)가 『죽음과 죽어감』

을 통해 불치병에 걸린 환자들의 심경변화를 죽음의 5단계(부정, 분노, 타협, 우울, 수용) 과정을 체계적으로 구분지은 점에 비춰, "주옥같은 글이라면 책장에 보관하여 두고두고 탐독할 텐데, 휴지통에 버려지는 신세가 된다면 아찔하다. 독자 서신을 보내신 김종동 선생님께 감사 편지를 보내며, 다음 출간할 수필집을 꼭 부칠 것을 약속했다. 광풍이 한바탕 몰아치고 간 자리에 서서 하늘을 우러른다. (독자의 서신)"의 보기에서 그 자신의 겸허하고 엄격한 자기성찰은 독자의 가슴을 저미는 비장감이 묻어있다. 그 점이 치열한 시장논리가 지배적인 냉혹한 상황일지라도 일관성을 지니되 '지극선至極善과 강직함, 위트와 유머'로 감정을 절제하고 건강한 비평정신의 붓끝을 곧추세워 〈개미허리〉의 깨우침을 통섭의 관계성과 미래의 비전 제시도 일관성으로 지켜낼 바다.

"햇볕에 그을린 친구의 얼굴은 인정 많은 정미소, 양조장 아저씨 모습이다. 연리지 느티나무에게 귀가 인사로 읍揖하니 곱게 물든 낙엽이 옷깃에 떨어진다. 가다 돌아보고 또 돌아봐도 석양을 받은 느티나무 그늘이 자꾸 나를 따라온다. (느티나무 그늘)"의 실제처럼 자잘한 정감은 열린 우주로 확장될 것이기에, 감성적 세계를 뛰어넘은 영성적 세계로의 대상은 '하늘을 우러러 기도하는 성자'라는 나무[木]의 상징성을 풀어주고 있다. 또 하나 영국의 존 메이스필드가 〈그리운 바다〉에서 "지루함이 다한 뒤의 조용한 잠과/ 아름다운 꿈만 있으면 그 뿐이니"라는 결의에 균형 있게 접합되어 생명의 본원인 모

성의 상징성을 「개나리 꿈을」에서 아득한 유년의 정신풍경으로 그려
내고 있다. 이 같은 현상은 "출렁이는 고향 바다, 짙은 청색 바다를
스치는 갈매기 소리가 들리는 듯하다. '대관령 옛길' 정상에서 사임
당시비를 대하니 다시 한 번 고향의 숨결을 느낀다. 곧장 경포대 솔
밭 추어탕 집에 가서 점심을 들고. 넘실거리는 파도 포말泡沫이 이는
십리바위를 바라보며 추억의 길을 걷는다. (포말泡沫이 추억을 토한
다)"라는 감회는 일상의 일탈로 창조경영 논리에도 충직한 모양새다.

결론적으로 수필문학의 밝은 미래는 절제된 감정에 의한 서정성
을 수반한 감동의 회복과 소박한 자연회귀에 맞물려 있어야 하는 연
유로 "차라리 대교약졸(大巧若拙: 위대한 기교는 졸렬함과 같다)을 거울삼
아 다시 초심으로 돌아가 글과 함께 늙어가야겠다. (글과 함께 늙어
가기를)"라는 절박한 기대감은, 일상의 서정성에서 타자의 아픔을
자신의 고통으로 절감하고 창조자로부터 허락받은 삶을 강인한 자긍
심으로 올 곧게 지켜내어야 한다. 모쪼록 조철형 수필가의 소중한
삶의 전말顚末에 있어 "학자의 잉크는 순교자의 피보다 신성하다."라
는 시사적 교시는 그 의미망이 지대하기에 충직한 독자의 기대치에
결코 어긋남 없는 존재감이 빛나는 자존자로서 '푸른 생명기표를 통
신하는 격조와 가치를 지닌 유의미한 정신작업'의 실천궁행을 다시
금 소망할 따름이다.

숲속의 출판

2020년 5월 11일 초판 발행
2021년 3월 3일 2판 발행

지은이   조 철 형
감수자   김 영 진
펴낸이   백 성 대
펴낸곳   도서출판 노 문 사

주 소   서울 중구 마른내로 72(인현동)
등 록   2001년 3월 19일 제2-3286호
이메일   nomunsa@hanmail.net

전 화   (02) 2264-3311, 3312
팩 스   (02) 2264-3313

ISBN 979-11-86648-28-5